KB071895

청어詩人選 306

흔들릴지라도 그대는 아름답다

이다선 시집

청어

추천사

───────

　이다선 시인의 시는 참 쉽고 맑다. 시는 마음의 표현인데 시의 기교에 앞서 감성의 산물이다.

　나는 초기부터 이다선 시인의 시를 살피면서 시의 길을 올곧게 가고 있다는 것과 계속적인 시의 조탁에서 자연과 사물을 바라보는 따뜻한 시선을 지녔다는 장점을 보았다.

　그것은 이다선 시인이 지닌 신앙의 산물이요 진솔한 삶의 고백이 일상적 언어로 쓰인 아름다운 사랑의 시로써 드러나기 때문에 더욱 귀한 글들이라고 느낀다.

ㅡ배명식(시인, 한국크리스천시인협회 회장)

사랑하며 살리라

덧없는 세월 속 설움일랑

훨훨 벗어던지고

살아온 날 동안 못다 한 사랑

이제는 오직 섬김으로

낙타 무릎 되어

−이다선의 시「사랑하며 살리라」전문

　이다선 시인의 이번 시집은 주로 사랑의 시편들로 채워져
있다. 시의 소재는 물론 주제와 내용도 모두 사랑과 연관된
다. 여기서 사랑은 신에 대한 사랑과 인간에 대한 사랑을 포
괄한다. 따라서 그녀의 시는 기독문학을 넘어 구원의 문학을
본질로 하고 그에 이바지하고 있음을 알 수 있다.

−박방희(시인, 대구문인협회 고문)

추천사

시(詩)는

시간과 공간 그리고 인간 세 가지의 조합된 언어의 만남
이다.

시(詩)는

인간 내면의 깊은 고뇌의 메아리를 자연과 사물의 표현
을 통해 언어로 탄생한다.

이다선 시인의 시는 유쾌, 상쾌, 통쾌 등 3쾌의 삶을 사
는 듯 맑아 보인다. 그녀는 아픔과 회복을 통하여 고뇌와
환희 하늘과 땅의 교차로에서 하나님의 은총을 노래하듯
하늘사랑을 전하며 진정한 자유를 붓질하는 영혼의 피스
메이커이다.

－정준모

(철학박사, 전 CTS 텔레비전 대표이사, 총신 법인이사,
현 미국국제개혁신학대학교 박사원 교수)

시인의 말

한 생애 살면 오면서 힘겨움 속 흔들릴지라도 그대는 참으로 아름답고 소중한 사람이라고 고백하는 오늘, 나는 두 번째 시집 원고를 곱씹듯 다시 펼치고 되뇌듯 읽으며 홀로 가슴에 손을 얹고 하나님께 눈물 흘리며 고백합니다.

또 한 번의 소중한 생이 나에게 찾아온다면 나는 정녕 그 귀한 시간들을 어찌 살아갈 것인가를 생각해보니 가슴 뛰고 설레는 순간 너무 행복합니다.

믿음의 사람이기에 흔들리고 넘어지고 쓰러질지라도 다시 또 일어나 걸어가는 고귀한 꽃잎의 모습으로 피어나고자 몸부림치며 기도하고 수많은 시간을 그분께 매달리고 울었습니다.

한 알의 진주가 작은 조가비 속에서 숨어 살 듯 고통 하는 긴 시간들이 없었다면 빛나는 보석으로 다듬어질 수 없듯, 작은 교회 개척자의 아내로 살아온 나날들 모두 나를 빛나게 하는 아름다운 밤하늘이라고 그분의 아름다운 바다 속 연단의 시간이라고 깨달음으로 감사드리는 오늘, 두 번째 시집 『흔들릴지라도 그대는 아름답다』 탈고를 마치며…

끝으로 지금껏 나의 모든 것을 사랑하고 아껴 주는 가족들과 성도들에게 감사드리며, 언제나 특별한 인연으로 사랑을 주시는 장갑공장 집사님과 서평을 써 주신 이현수 주간님과 추천사를 써주신 배명식 시인님, 박방희 시인님, 정준모 교수님과 출판을 위해 힘써 주신 청어출판사 이영철 대표님께도 깊은 감사의 마음을 전합니다.

2021년 어느 가을날
이다선

차례

———

2부 고난은 별을 빛나게 하는 밤하늘

3부 참 다행이야, 시로 사랑을 전할 수 있어서

4부 멈출 수 없는 사랑

1부

풀꽃 사랑의
노래

흔들림

그대
갈바람 앞에 서 보라
흔들리는 것 어디 갈대뿐이랴
그대와 나의 영혼도
갈대 앞에는 그저 침묵으로
마음을 내어 주듯 곱게 흔들리다가
한 송이 꽃 되지 않으랴

아름다운 생
붉게 물든 꽃빛 사랑
아픔 속 빛나는 진주처럼
아름다운
꽃빛 추억 되지 않으랴
내 사랑처럼

곱게

가시

내 안에서
땅 꺼지듯 들리는 고통의 한숨
나에게만 들리는 환청인가 싶어도
그대에게도 있으리라

생각해 보니
나를 너무 자고하지 않게 하는
숨은 가시 하나
그로 인하여 고개 숙여 살아가는
겸허한 나날의 삶

고린도전서 이장에 나오는
약할 그때 비로소 가장 강하다는
숨겨진 비밀의 깨달음처럼
신비롭다

낙엽에게

까만 아스팔트 위에
노란 은행잎이 떨어져 휘날리고
플라타너스 나무보다 더 고운 빛깔의
작은 가로수 잎들이 곱게 쌓여
겨울을 손짓하고 있다

가을비 내리는 밤
홀로 거니는 작은 우산 속으로
그리운 사람의 따스한 체온이 느껴지면
환상처럼 보이는 핏빛 아픔들
저만치 멀어져간다

많이 미안하였지
더 많이 사랑하지 못했기에
눈물로 떠나는 모습 앞
눈물만 흘렸던 나

떠나있을지라도
내 안에서 울고 있는 너의 목소리
웃고 있는 너의 눈빛 속 아픔의 목소리

영혼으로 나는 늘 듣고 있음을
잊지 말아 줘

십자가 사랑으로
함께 울고 웃으며 지냈던
십칠 년의 동행

어여쁜 꽃빛 영혼아
힘겨움 속 그대가 함께 한 시간들
너무 행복했었기에

그대
사랑합니다

갈대

누구나 그러하듯이
그대도 나도 하루를 살다 갈지라도
바로 살다 가고 싶은 사람인데
살다보면 어느새 비틀거린다

산다는 것 자체가
늘 꿈을 꾸듯 늘 흔들리는 갈대
흐르는 눈물이 별처럼 반짝이는
새벽하늘도 온통 흐리다

그대는 듣고 계실까
참사람이 되려고 방황하는 어둠 속 별빛들이
바다로 떠날 때 울부짖는 고운 소리들
퍼덕거리는 영혼의 날개깃들

너를 닮으리라 흔들리는 갈대여 너를 닮으리라

흔들리고 넘어질지라도
다시 일어나 달리는 지혜로
꺾이지 않는

부드러운 곡선의 아름다움
흔들림의 비법

오늘도
너를 닮으리라

고백

한 생애
화려한 빛깔로 영혼을 감싸며
늘 허수아비처럼 흔들리고 바람처럼 날다
바다처럼 꺼이꺼이 울었다

속이 텅 빈 공허함
심장을 짓 누르는 생의 무게들
소중한 사람들에게 다 줄 수 없는
부족한 사랑

어쩌면 모두 다
채우지 못한 욕심의 항아리처럼
부질없고 어리석은 것인 듯
흔들리는 시간 속

밤새 눈물 흘리다
나는 누구인가 스스로에게 물으면
어디선가 들리는 조용한 목소리
당신이신가요?

바람 속에서

흔들리는 나를 곧추세우시는

물빛 종소리

그리운 고향

가슴 속
그리운 어머니 생각에
잠 못 이루네

문득
먼 기억 속 고향을 떠올리면
나는 여섯 살 아이가 되어
대숲 바람 속
동구 밖에 서 있다
저 홀로 울지

그리워라
지천명의 세월에도
눈 감으면 떠오르는 그리운 고향
뒤뜰 감나무 아래
그리운 아버지의 헛기침 소리
"어험"

너무 그립다

고통

깊은 바다 속에서
숨을 쉬는 것조차 벅차다고
고통과 맞서 싸우다
한 알 진주로 여물어가는
생의 연가

홀로 가는 외로운 길에
별빛 같은 아름다운 사랑의 추억들
모두 다 소중한 꽃잎들이다

알알이 깨트려보면
비록 흔한 모래알뿐일지라도
고통의 긴 시간이 흐른 후
한 알 진주처럼
그대와 나의 가슴 속
아름다운 사랑의 별빛으로
영롱하게 빛나리라

길

이 땅에 태어나
처음으로 십자가 앞에 서던 날
뜨거운 불덩이 하나 맞으며

어둠 속으로 가던 길 뒤돌아섰지

누가 말을 했을까
섞어 숯 검둥이가 되었을
개척자의 힘겨운 심장
검은 숯덩이더라고

죽어서라도
그리스도 예수를 위해
무릎으로 걸어서 가야 할
뜨거운 그분의 심장

생각해 보네
퇴색된 나의 사명

불씨
아직 타고 있을까

꽃무릇

종일 내 가슴이 뛰고 있다
사춘기도 아닌데 가슴 뛸 일 있으랴 하면서도
수목원 붉은 상사화 꽃잎 앞에서 떨리는
내 마음의 꽃잎파리들

고운 가을바람 속
가녀린 실 허리를 흔들고 서 있는
어느 도도한 여인의 속눈썹처럼 붉은 꽃술
붉은 정열의 눈빛으로 유혹하는
석산 꽃무릇 상사화

오늘도 나는
너를 보면서 가슴이 떨리고
잠 못 이룬다

엄마 생각

해마다 맞이하는
햇살 맑은 오월의 어버이날

둘러앉은 밥상 앞에서
가지 많은 나무 바람 잘 날 없다고
열 손가락 물어 안 아픈 손가락 있느냐
낱낱이 물어보시던 당신

앉으나서나
자식 걱정 밤새우시며
애달픈 한 줄 시조를 되뇌시듯
소중한 자식 위해 기도하시던
어머니의 눈빛

오늘은
당신의 그 빈 가슴 위에
하얀 카네이션 한 송이 놓으며
종일 울었습니다

못난이 꽃

보라
고통 없이 피는 꽃 있으랴
아무리 아름다운 꽃씨일지라도
고통 속에서 몸부림치다 깨어날 때
비로소 붉은 꽃술에 입 맞추며
사랑한다 말하리라

아 부러워라
나도 너처럼 눈부신 날들 있었는데
찬란한 유성의 꽃 피었는데
뒤돌아보노라니
버림받듯 외로운 이별의 상처들이 또다시
외로운 너에게 상처를 주는
못난이 꽃

다시
아름다운 언어의 꽃잎으로
슬픔에 잠긴 밤 호수를 춤추게 하는
눈부신 아침을 꽃피우리라

봄 개울가
노란 수선화 한 송이처럼
청초한 꽃잎으로 피어
사랑을 노래하리라

꽃잎의 유서

보라

곳곳에 무수히 죽어가는 수많은 소식 들어도

놀라지 않은 듯 그저 눈만 껌뻑거리는 무덤덤한 느낌들

단 한 번 허락된 소중한 생명의 시간들

누구나 가는 길

남아 있는 사람들의 가슴 속

별 의미도 없이 죽어가는 슬픈 눈빛들은

죽어서도 아프다

그러나 여기

소중한 생의 절반을 그대에게 드린

잊어서는 안 될 소중한 꽃잎의 이름 하나

죽어도 살아 있는 듯

한 편의 시(詩)로 적어 두노니

잊지 마시길…

경주시 감포 그 어디

휘몰아치는 바다의 깊은 가슴 속

"우리 이것이 마지막일까?"

애절한 한 마디의 마지막 인사로
파도에게 손 흔들다

그분의 품속
고이 잠든 꽃잎의 이름
세 글자 기억하며
기도하네

환상

나
그대에게 보여드릴 것도
드러내 자랑할 것도 별로 없는
나의 실체는 무엇이랴

어느 날 문득
온 우주보다 크신 그분이 나를 찾아오신 날
나는 이미 그가 나를 깊이 사랑하고 있음을 깨달았다

비록
초라한 작은 점 하나와
거대한 대우주의 만남일지라도
사랑에 눈먼 새처럼
영과 영으로 맺어진 사랑의 맹세
변하지 않는 황금 가락지

이천사년
오월 첫날 새벽에
본 환상

그분 앞에 드릴 것 없는 나는
그날 이후로 늘 바보처럼 울다 잠이 들고
살아 숨 쉬는 것 자체만으로도 감사해
할 말을 잃어버렸지

날마다 마지막 날처럼

시들지 않는 꽃잎의 세계처럼
아직도 열일곱인 듯 착각하는 삶일지라도
날마다 마지막인 듯 살리라

아직도 덜된 사람
자칫 깨질 듯 얇은 얼음판 생
교만하지 않은 섬김의 흔적으로
무릎으로 살리라

삶도 죽음도
한 장의 백지장 같은 공간의 경계선
두려움 없는 평안으로 자족하며 사는 동안
행복 중에도 날마다 유언장을 쓰듯
초연한 모습으로 살리라

이 땅에 머물 미련보다도
어떤 말로도 표현 못 할 그곳에 맘이 더 깊어
삶보다 죽음이 더 행복하게 느껴지는
신비한 비밀의 숲 체험 까닭에

오늘도 깊은 꿈속에서
성령(聖靈)의 새 술에 취한 듯 행복하여 울다
깨어나면 언제나 꿈이 아닌 현실
다시 감사의 창문을 열어

눈 뜬 세상 속
매일 근심과 고통 속 전쟁일지라도
다시 일어나 달리고 뛰며
웃으며 살리라

내가 만난 예수는 사랑이시다

눈물로 얼룩진 이 땅의 천국을 위해서는
더욱더 따스한 가슴들이 새처럼 울어야 한다

거친 세파에 찢기고 상한 영혼들이
한그루 거목으로 거뜬히 일어나 서기까지는
버리고 비운 맘으로 울어야 한다

죄인이기에 죄를 짓기도 하고
죄인이기에 더욱더 죄를 멀리하고자 하지만
어찌된 일인가 몸부림칠수록 빠져드는
늪 같은 죄의 바다

꽃잎이 피었다 질 때마다 결심하듯 새로운 다짐
그처럼 살아내지 못할지라도
그런 다짐은 누구에게나 필요한 또 하나의 도전이다
연둣빛 호수의 꿈처럼 싱그럽다

지금껏 살아오면서
내가 만난 사람들은 모두 사랑이었다
꽃잎도 하늘도 모두 사랑이었다

나도 그들처럼 맑고 환한 하늘 꽃향기로
사랑의 편지를 쓰고 싶다

마지막 죽음의 순간에도
자신을 죽이는 자들의 죄를 용서하시는
내가 만난 예수의 깊고 푸른 눈빛을
나는 써 보내고 싶다

눈먼 사랑

보라
죄인(罪人)과 의인(義人)이란
실제 엄청난 차이가 나지만
어찌 보면 같을지 몰라
인간(人間)과 인간(人間)

신(神)과 사람
누가 사람을 신(神)이라 할까
사람이 신(神)처럼 하늘을 만들고
별을 반짝이게 하나

창조의 그날에
빛, 어둠, 바다, 새, 꽃, 나무, 채소, 해, 달, 별…
모두 다 만드신 후 남자를 만드신 후
외로운 아담을 위해 하와를 보냈지
갈빗대로 곱게 빚은 여자

외로운 날은
하나님도 사랑에 빠지신 듯
콩깍지 덮인 눈빛으로

한 순간 죄인(罪人)을 의인(義人)이라고
소중한 마음을 내어 주신 후
단 하나뿐인 아들의 피를 나눈 후
한 몸 되셨다

그 후로 하나님은
사람이 죄인(罪人)인 줄 아시면서도
의인(義人)이라 칭하셨다

본래는
죄인(罪人)이었지만…

눈 오는 날의 추억

까만 눈썹의 눈사람
무척이나 좋아했던 한 사람

이슬처럼 사라져 버리는
그 슬픈 운명의 하얀 눈사람처럼
겨울밤 첫눈처럼 왔다가
햇살 속 떠났다

아플지라도
피할 수 없는 운명이라고
떠나야 하는 발길 붙잡고 울면서
긴 밤 지새우던 그 밤의 창가
하얀 첫눈 쌓였다

지금도 생각이 날까
저 까만 눈썹의 꼬마 눈사람
꽃 피고 새 우는 언덕에
손 흔들며 서 있는 그림자 하나
겨울 풍경 속 추억 하나

햇살 속으로

사라져가는 눈사람처럼

가슴 아팠던 이별

아름다웠다

다시 한번 더 태어날 수 있다면

누군가 그렇게 말하였네
지천명의 나이가 되는 날에는
온 천하를 팔아서라도 갈색 추억을 사라
꽃잎 닮은 마음을 사두라고

나도 그리 말하였네
온 천하를 팔아서라도 추억을 살 것이라고
고운 영혼을 살 것이라고

조금 더 선택의 여유가 있다면
다시 한번 더 세상에 태어나고 싶다고
다음 생애엔 자신이 원하는 각본을 써서
그렇게 살아보고 싶다고

단 한 번
소중한 삶의 아름다운 무대 위에서
행복한 배우로 살 것이라고

가장 행복한 생을 위하여

아픈 가시나무 십자가 벗어 버리고

금빛 십자가 질 것이라고

나도 그리 말했네

예수 이야기

우리를 사랑하기에
하늘의 보좌를 버리고 오신
아름다운 당신의 이름

성경 속에서 처음 알았을 때
떨리는 내 마음은 이미 그대의 것이기에
그날 이후로 내 삶은 기쁨이 되었고

남존여비의 슬픈 시대에
배고픈 가난한 농부의 딸로 태어나
절망과 좌절뿐인 삶 속에서
벼랑 끝으로 달리는 그 나날 속
당신은 나에게 마지막 꿈
생명이 되었고

십자가 위에서
핏빛 가시면류관 쓰신 채로
우리를 향한 침묵기도
가없으신데

하늘의 왕이심을
아직도 알아보지 못한 군병들
알몸의 성채 덮으신 홍포마저도
서로 가지러 제비 뽑을 때
이 마음도 아파서

참으로
많이 울었습니다

살아있으니 참 좋다

그대
오늘 두 눈 뜨고 숨 쉬고 있음을 감사하라

어제 안타까운 죽어간 숱한 사람들
오늘 그대가 살아 숨 쉼을 수없이 부러워하다
고통 속 죽어갔음을 기억해야 하느니

그대가 만일
매일 밤 단잠을 자고 있다면 더욱더 감사하라

오늘밤도
불면의 밤을 지새우는 많은 이들이
그대의 달콤한 꿈길을 함께 거닐고 싶어
이 밤도 기도하고 있음을

그대가 만일
아침마다 가벼운 깃털의 몸으로 일어난다면
더욱더 감사하라

밤새
물젖은 솜뭉치처럼 무거운 몸으로 뒤척이다
아침을 맞는 많은 이들이
깃털처럼 가벼운 그대 몸 되고파 한다

만약
이 모든 것들이 아닐지라도 그래도 그대는
그분 앞에서 감사하라

삶은 행복하다고
그리고 오늘 살아 있는 모든 것들은
가장 아름답고 소중하다고
크게 외치라

오르기

본능처럼
바라보면 볼수록 더욱더 오르고픈
꼭대기
저 달빛의 가장 아름다운 지점에
언제쯤 오를 수 있을까

살다가 문득
생각하면 할수록 더욱더 그리워지는
그리운 첫사랑의 아늑한 마음속
언제쯤 가닿을 수 있을까

가고픈 곳
보고픈 곳

그리고 아득한
추억 속 미루나무 가지 위
담쟁이덩굴처럼 타고 올라
노래할 수 있을까

생의 미로를 따라
끝없는 오르기와 내리기
허무와 만족

달빛처럼
오늘도 나는 오르고 있나
저 위로

우포늪에서

천년의 사랑 속에서
소 그림자를 닮은 초록빛 늪으로 가
가시연꽃의 아픈 사랑 이야기를 들으며
민들레 홀씨처럼 피어나는 순간
바람이 되는 전설

미명의 새벽마다
연둣빛 희망의 노래를 부르는
갈대숲
신비로운 풍경화

만남과 만남 속에서
천년의 혼이 깨어나는 시간
비상을 준비하는 새들의
가슴이 뛰고

그리움과 설렘으로 기다리다
만날 때마다 달라지는
그녀의 어여쁜 옷차림처럼

우포늪

사계절 늘 새롭네

욕심 버리기

욕심 가득한 항아리
비운다고 아우성쳤는데
다시 보니 원점이다

부질없는 숱한 것들
버리고 비운다고 했는데
다시 보니 원점이다

고요 속에서
뒤돌아보니 모두 다 내 탓이다

그래서
꽃잎 앞에서 울지
운명처럼

2부

고난은 별을 빛나게
하는 밤하늘

이생에서 영원한 내 것은 없다

잠시 머무는 나그네 생
무엇이든 영원한 내 것은 없다
매일 스쳐 지나는 들길 꽃 한 송이라도
욕심 없는 눈빛으로 보라

꽃빛 영혼의 편지를 쓰는 밤에도
한 번도 상처 받지 않은 듯 아름다운 몸짓으로
한 마리 새처럼 꿈꾸듯 사랑하라

들에 핀 꽃 한 송이도
내 것 같아도 내 것이 아니며
가을 꽃잎 닮은 가슴 속 그리움마저도
햇살 속 안개처럼 사라져간다

그리운 사람아
이생에서 결코 영원한 내 것이 없다고
별빛 닮은 마음으로 쓴 시 한 편 읽으면서
잠시 행복에 빠져보라

문득

어디선가 다정스레 날아온
갈색 나뭇잎 하나
아쉬운 이별의 시간을 알리듯
낮은 곳으로 떨어져

생의 겸허함을 익히듯
죽음, 그 처절한 절망 속에서도
다시 부활을 꿈꾸듯

아낌없이 버리고
미련 없이 비움으로 얻게 되는
또 하나의 축복의 삶

꽃잎을 깨운다

달개비의 노래

고통 속
힘겹다 절망하지 마셔요
깊은 산 속 홀로 핀
외로운 풀꽃

다 화려하게 사는 생 아니다
눈부시고 화려한 꽃잎들을 거부한 채
수수한 모습으로 피었다 지는
내 이름은 달개비

화려한 빛깔
무지개가 아니어도 좋아
언제나 내면에 그윽한 풀꽃의 향기
또 하나의 내 이름은
닭의장풀

달빛 아스러지는 여름밤
그리운 이에게
풀잎 같은 사랑의 편지 한 장 써 보내는
오염되지 않은 에메랄드 빛
섬 하나

붉은 장미처럼
곱고 화려한 꽃잎이 아닐지라도
그저 숨 쉬는 이유 하나만으로
행복이라 느끼며 살자

사랑한 후에

슬퍼 말거라
천 년의 기다림 속
단 한 번의 스침이었다 할지라도
아무런 의미 없는
은빛 모래알들의 숱한 스침보다도
단 한 번의 소중한 눈빛
운명적 사랑
그대를 사랑하느니
사랑하느니

달맞이꽃

수줍은 마음
황금빛 옷고름 속 감추어 둔 채로
저 홀로 행복에 겨운 나날들
누구를 기다리고 있을까

달빛 아스러지는 밤 뜰
고이 피어 전하는 꽃잎의 마음
애절한 그리움의 노래들

아직은 한낮
접어둔 꽃잎 속 고이 숨겨둔 마음
그대에게 보내는 밤이 오면
속마음 열어 보이듯

달빛 비추어지는 강변에서
영롱한 이슬 방울방울 머금은 채
긴 밤 지새우는 꽃잎들

아무도 모르게
임의 가슴 속 피어나는
달맞이꽃

달팽이

머리 위 무거운 짐
쇳덩이처럼 무겁지만 좋은 듯
한 생애 끌고 다니는 모습
애처로워라

그래 그래
한 생애 사는 것이 다 전쟁이라고
어머니가 늘 그러셨지

그래 그래
가지 많은 나무 바람 끝없고
개똥밭에 뒹굴어도 이승이 좋다고
하얀 잇몸 드러내 보이셨지

잠 못 이루는 여름밤
아파트 베란다 푸른 잎사귀 위에
달팽이 한 마리 걸어간 후
쌓이는 추억들

동그란 풀꽃 이파리 위에서
강남의 백 평 아파트가 부럽지 않다고
제 몸보다 더 큰 집 한 채 이고
행복하게 웃는 모습이 좋다

그래 그래
그래도 나는 내가 좋아

창조자의 예술작품

그래서 웃으며 산다
나는

담쟁이

천고마비의 눈부신 오후
십삼 층 아파트 복도에서 보이는
가슴 하나 설레고 있다

가까이 존재할지라도
보이지 않게 숨겨진 판잣집 하늘 위
벌집처럼 촘촘하게 쌓아 올린 고층 빌딩들
더러 삭막하다 싶을지라도 신비롭게
밤마다 별꽃이 피더라

귀 기울어 보라
힘겹게 낡은 담벼락을 타고 올라가다가
흔들리는 생의 허무를 느끼는 가슴
그대 마음 담은 가을 편지 한 장 보내 주는
담쟁이 넝쿨의 깊은 의미

더러 행복한 삶을 위해서는
욕심이라 느끼는 많은 것들을 버리고 비우며
낡은 아스팔트 위로 달리는 시끄러운 자동차 소리마저도
정겹게 느끼는 저 여유로운 내면의 공간들
긍정의 마음을 익혀야 하리

담쟁이 편지를 읽으며
느껴야 하리

부부싸움

하나가 되기 위해서
꽃 하나와 별 하나가 만났다
그런데 여전히 둘이다

꽃과 별
하나는 하나일 뿐이다
각각 다른 모습들

서로 다른
둘이 만나 하나가 되는 것
그것은 가끔 깊은 밤 호수 위로 지나는
달빛이 호수에 잠기는 것처럼
한순간일 것이다

남자가 여자와 함께 살아가는 것
여자가 남자와 함께 살아가는 것

사랑 없이는
온 천하를 준다 할지라도
그리 쉽지 않으리

남자와 여자

사랑하지 않는 사이는

남남일 뿐이다

꿈

아무도 대신 서 줄 수 없는
단 한 번뿐인 아름다운 생의 무대 위에서
나도 아름다운 춤추는 행복한 배우로
웃음의 꽃 피우며 살고 싶다

꽃나무를 심어 향기를 맡고 싶다
한 평에 수 억대 한다는 강남의 한 평 땅보다도
도시의 근교 한적한 산 밑에 뜰 하나 가꾸면서
날마다 시를 꽃피우는 삶 살고파라

아, 가을 붉은 잎새 사이로
어머니 눈물 닮은 낙엽 하나 휘날리는
오늘 같은 날에는

아름다운 그대와 나
잠시 다녀가는 나그네 인생길
허무한 생의 고독한 자락 심어 둘
한 뼘의 땅이라도 있었으면
좋으련만

어디선가

빛나는 금빛의 성 하나

달려와 안기는 순간

뜬 눈

마음 비우기

한 세상 살아가다가
바라는 만큼 채워지지 않는 세상사 서럽다 싶어도
세상 너무 야속하다 탓하지 말거라

누구 하나 알아주지 않는 삶일지라도
스스로 최선의 삶 살았다면 꼭 일등이 아니라도 좋다
마음을 비우고 맑은 하늘의 눈빛을 보라
살아 있는 날 동안
사랑도 그리움도 영원하지 않다
이생에는 영원한 내 것은 네 것 없다
영원한 네 것도 내 것 없다
아직 남은 시간들
삶은 온통 그리움의 연속일지니
누구도 대신 할 수 없는 단 한 번뿐 인생의 무대 위
눈물로 얼룩진 추억의 나날들이였을지라도
노을 앞에 서면 누군가 그리워지는 이 있나요

가슴 속 그리움이 살아 숨 쉬는 그대는 정녕 행복한 사람일지니
마음을 비우고
매일 행복하다고 노래하고
자족함으로 살자

떠나는 사람에게

잘 가라
아쉬울 지라도 손 흔들리라
이것이 우리의 운명이다
좋았던 것들만 기억하고 가라
상처는 강물에 흘려보내고
웃음만 가지고 가라

꽃잎처럼
별빛처럼

한 생애의 한순간을 꽃으로
어둠 속의 아픔들을 빛으로

웃으며 가라

멈출 수 없는 사랑

보이지 않는
전설 속 유츠프라카츠야 사랑처럼
오직 한 사람을 향하는 그리움으로
세상 아무도 읽을 수 없는
백지 편지 한 장

소중한 생의 뜰
꼭 함께하는 인연이 아닐지라도
삭막한 가슴 속 그리운 사람 하나 있다면
오래된 흑백사진처럼 꺼내보는 순간
순백의 미소 지으며 살리라

순백의 사랑이기에
잊으려 할수록 더욱더 또렷하고
감추려 할수록 더욱더 선명하게 보이는
아름답고 소중한 그대와 나의
멈출 수 없는 사랑

저문 강가에서
때 묻은 영혼의 옷깃을 씻으며
호수를 지나는 별에게
그리운 임 소식을 물으며
가슴 설레는 나날

오늘도
사랑은 꽃피고 있으리
그대 가슴 속

목사(牧使)의 아내가 되어

뒤돌아보니
살아온 나날들 부끄러워라
눈물이 흐르는 마음속
보일 것 없어라

하늘 맑고 푸른 날
한 아름 안았던 풀꽃의 향기
곤함도 쉬었다 가거라

꽃빛 십자가
지치고 흔들리던 어느 날
퇴색된 못난 자화상
짙은 갈색

무소유도 행복하다고
십자가 함께 죽음도 행복하다고
고백하던 입술은 위선처럼
배가 고팠던 그날

부끄러워라

한 생애 좁은 길 가시다

지친 그대 어깨를 더 무겁게 했던

거울 속 못난 모습들

용서하여 주소서

그대여

별이 되는 고통

고통이여
너는 나를 더욱더 빛나게 하는
아름다운 무지개여라

내 힘겨움의 눈물 속에
금빛 햇살 한 줄기 비추면
나는 일곱 빛깔 무지개 되느니
빛으로 반짝이느니

비 온 후의 굳어지는 땅처럼
별을 빛나게 하는 어두운 밤하늘 배경처럼
고난이 유익이라고 고백하는 순간

비로소
나는 아름다운 꽃으로 피는
빛나는 무지개이다

고통이여

거룩한 생의 아픔들이여

한 올 한 올 꽃잎처럼 하늘거리는

푸른 언덕 위 무지개로

피어올라라

미리 쓰는 유서

수많은 사연 속에서
울면서 웃으면서 살아온 한 생애
더 남길 것도 더 가져갈 것도 없지만
아직은 미련이 많이 남아서
밤마다 행복한 꿈을 꾸기도 하고
아침마다 창문을 열면서

할 수만 있다면 오래오래
더 머물다 가고픈 아름다운 세상이라도
하늘 부르심 받들어 달려가는 그 순간
행복한 웃음으로 가야지

누구나 그러하듯
지구를 떠나는 것은 슬픈 것이지만
그래도 떠날 때는 웃으며 손 흔들고 떠나고
그래도 한 마디 남기라신다면
한마디 남기는 말

"나 떠난 후에는 남겨진 임들의 뜻대로 하소서"

부디
부족한 사람의 허물일랑 잊으시고
나 떠난 후에는 아름다운 것만 기억하며
웃음만 가득한 삶으로 행복하기

이렇게
새끼손가락 걸고
꼭꼭 약속하기

꼭

밀양 영남루에서

영남루 아래로 흐르는
고요한 밀양의 강변 거닐어보라
가을 하늘 온통 꽃밭이구나

구름 한 점 없는 아득한 하늘 끝자락
밀양의 꽃잎 닮은 아랑의 혼 보일 듯 말 듯
작은 대숲의 흐느낌 소리

가없어라, 못다 한 이승의 사랑

수천 갈래 찢어진 갈잎 가슴
하늘 향하여 서 있는 초봄의 나뭇가지들
아랑 낭자의 마음처럼 붉어라

초겨울 바람 속
그녀의 사연 담은 연을 날려 얼레를 감으며
천년의 세월 거슬러 올라가듯
처마 밑 서성이는 가을 나그네 그림자
멈추어 섰다

뚝 뚝

그녀의 눈물이 낙화처럼

바람 속 휘날린다

백지 편지

슬픈 이별 앞에서
그저 하늘만 멍하니 바라보다가
글씨 하나 없는 백지 편지
땅속 깊이 묻었지

어쩌면 그 하얀 지면 위에
하늘의 금빛별을 따다가 화관을 엮으며
가을 들꽃 한 아름으로 빈 가슴 채우면서
행복한 표정 그리셨을까

천년의 세월 속에도 잊지 못하는 이별의 눈물로
밤바람 속 외로워진 달그림자가 노랗게 물들어가는 사연과
쑥부쟁이 꽃잎들의 사랑 이야기를 적었을까

그날
하얀 해오라기난초 꽃처럼
보고 싶다는 글 한 자 적어 보낼 줄 몰라
그저 멍하니 하늘 바라보았다

안타까워라

긴 밤을 지새우는 첫사랑의 열병처럼

심연의 깊은 곳 숨겨둔 그리움의 사연 사연들

붙이지 못한 편지의 사연으로

그저 하늘만 쳐다보며

뚝~ 뚝~

눈물만 흘리고 있네

별 1

사노라면 때로는
칠흑 같은 어둠 속 홀로라는 것이 느껴질 때
아무도 없는 텅 빈 무덤 속처럼
무서울 때가 있다

꽃잎 닮은 사람아
그러할지라도 견디어라

그분을 닮은 우리
땀방울이 핏방울 되는 순간
겟세마네 동산에서 잠들어 있던
그분의 제자들처럼 우리는
모두 다 사람이다

홀로 걸어야 하는 십자가의 길
울컥울컥 솟구치는 눈물을 감추며 웃고
아무 일 없는 듯 초연하게 앉아
두 손을 모아야 하리

자주 가슴이 떨리고
떨어지는 눈물방울이 흔들리고
흐르는 눈물이 분노로 변할지라도
잊지 말거라

가슴 속 빛나는
별

별 2

누구나 홀로라고 느껴지는 외로운 날에는
아무도 없는 텅 빈 무덤 속 같을 때가 있다

겟세마네 동산에서
고통의 땀방울이 핏방울 되는 순간
퇴색된 세파에 시달려 잠들어버린 제자들처럼
우리도 모두 다 사람들이다

홀로 십자가 지고 가는 길
울컥울컥 솟구치는 눈물을 감추며 웃고
아무 일 없는 듯 초연하게 앉아
두 손을 들어 올린다

상처받은 영혼의 꽃망울
흐르는 눈물이 분노로 변할지라도
기억해야 하는 말 한마디

별은
어둠 속에 빛나는
운명

별 3

금빛의 별아
고통도 금빛으로 빛나게 하라
칠흑 같은 어둠일지라도
나를 빛나게 하는 유일한 배경은
밤하늘, 바로 너다

바보가 되어서

그날
허 허 웃었지

꿈같아라
아직도 생이 무엇인지 몰라
흐르는 물결 속에서 몸부림치다가
역류하지 못한 채 걸린
한 섬에서

살기 위해서
지금껏 소중하다 느끼던
많은 것들을 버리고 버렸다

마지막 남은 한 줌의
자존심까지

순간
한 마리 새 되었다

첫 은혜

가슴으로 사랑한다면
깊어가는 어둠을 두려워 말거라

때로는 살다 보면
깊은 수렁 속에 빠진 영혼의 모습
마치 타인의 모습인 듯 놀라는
거울 속 낯선 자화상

어디서 잃어버렸나
천하를 다 얻은 듯 황홀한 구원의 감격 안에서
알몸 하나로 버려질지라도 두려움 없다던 당당한 영혼의 몸
짓들
첫 은총의 감격과 눈물들

다시 반짝이거라
별은 어둠을 탓하지 않는다

비록

오늘은 죄악의 늪 속에 허우적거리는

외로운 모습일지라도

내일은 다시 별을 빛나게 하는 어둠 속

금빛이 되어라

사모의 길

아름다워라

지극히 평범한 꽃송이들
언제부터인가 목사(牧師)의 아내가 되어
알게 모르게 웃으며 울며 사는
깊은 눈물의 길

누가 오라 하였을까
누가 가라 하였을까

다만
십자가의 비밀을 깨달아
하늘의 끌림을 못 이겨 달려온 길
사랑의 길

사명자(使命者)의 길이였다

비록
굶주리고 배고플지라도
웃음으로 서 있는
사모(師母)의 길

3부

참 다행이야,
시로 사랑을
전할 수 있어서

고백

한 생애 동안
화려한 무지개 빛깔로 영혼을 감싸며
늘 허수아비처럼 흔들리고 바람처럼 날다
바다처럼 울었다

속이 텅 빈 공허함
심장을 짓누르는 생의 무게들
소중한 사람들에게 다 나누어 줄 수 없는
안타까운 사랑의 손길

어쩌면 모두 다
채우지 못한 욕심의 항아리처럼
부질없고 어리석은 것인 듯
흔들리는 시간 속

밤새 눈물 흘리다가
나는 누구인가 스스로에게 물으면
어디선가 들리는 조용한 목소리
당신이신가요?

바람 속에서

흔들리는 나를 곧추세우시는

물빛 목소리

소중한 삶

이별의 숱한 훈련 속에서
홀로 가는 법을 익힌 듯 웃음조차 아픈 순간
소중한 인연의 법 하나 터득한다

살다가 만나지는 숱한 사람 중에서
백 명의 벗이 다 나를 좋아하길 바람은 욕심이요
천 명의 군중이 다 따르길 바람 또한 교만이라
진실한 단 한 사람의 마음을 얻으리라

사노라면 때로는
적당한 거리에서 나를 견주듯 빼 든 화살 하나 정도는
느슨한 내 삶의 긴장을 조여 주는 기쁨의 활력소로
감사함으로 받아들이는 여유로운 웃음이어야 하리

그런 것이다
조용히 두 눈 감고 귀 기울이면 내 안에 들리는
또 하나의 소중한 깨달음 속
용서의 행복

호수에 발 담근 채
천년의 벗이 되어줄 산과 마주 앉아
긴 밤 지새는 초연한 깨달음

오늘도
산은 변함이 없다

소유하지 않는 사랑

이생에서는
누구에게나 영원한 내 것이란 없다

버리고 비우며
한 번도 상처받지 않은 듯
고통도 초연히 받아들이는 순간
가장 아름다운 영혼의 몸짓으로
새처럼 자유로우리라

들에 핀 꽃 한 송이도
내 것 같아도 내 것이 아니며
꽃잎 닮은 가슴 속 그리움마저도
안개처럼 사라져가리

사랑하는 이여
이생에서 결코 영원한 내 것이 없다고
휘영청 고운 달빛 아래서
사랑할지라도 소유하지 않는다고
마음으로 쓴 시 한 편 읽으면서
모두 다 내려 놓아보라

순간

아름다운 몸짓으로 달려 와

소리 없이 그대 품에 안기는

나뭇잎 하나

비워짐은

곧 다시 채워짐이다

엄마의 마음

눈물의 노 저으며
억척스레 건너온 세월의 강
어깨에 짐 무거웠지요

수많은 생각의 숲에서
이젠 내려놓으며 살아야지
자주 말씀하시던 엄마
삶의 스승이셨지

둥지를 떠나서
날아가던 새도 잠이 드는데
밤새 잠 못 이루시는
엄마의 걱정은 자식들
의식주였지

생은 그런 것이다
둥지에 모여 앉은 새끼들의 입속으로
한 모금 모이를 넣어주는 행복
그러다 마침내 장성한 새끼들의 날개
훨훨 창공을 비상하고 올라갈 때
다시 창문을 열고

늘 보던
하늘이 맑은지 흐린지
바람이 찬지 느린지
속셈하시는 마음

새벽이슬에 잠드는
들녘의 한 포기 풀꽃 같은
엄마의 삶

비염 수술

피가 줄줄 흐르고 있다

제 몸의 한 부위 살점을 찢어내는 수술이라면
어떤 수술이든 피가 많이 흐르지만
유난히 목구멍으로 피가 많이 넘어오는
비염 축농증인 듯하다

흐르는 빗물처럼
고통스러운 핏덩이들이 느닷없이
우둑우둑 쏟아져 내린다

그러할지라도
감사함으로 견뎌야만 하는 것은 완치를 위한 과정이라고
스스로 자위하듯 달래준다

보라
모든 만물이 처음과 끝이 있느니
아무리 찬란할지라도 비강의 호흡이 멈추면
생은 끝이다

고통스러울지라도
찬란한 내일의 비행을 위해서는
목구멍에서 각혈하듯 토해내는
이 비릿한 역겨움도 이기고
견뎌내어야 한다

인내로

선인장 꽃

핏빛 고통 속에서
붉은 꽃 이파리 하나둘 피어나는 순간
어둠 속 등불 밝히듯 깨어나는 꽃
너처럼 나도 일어나리라
삭막한 도시의 삶
한 생애 상처투성이뿐일지라도
신비로운 생명의 향기 발하는
붉은 선인장처럼

이제 다시 꽃잎처럼 곱게 피어나기 위해
힘겨운 산고의 고통을 앓으며

끙끙
밤새 눈물로 침상을 적시듯
산고의 신음을 토하며
새벽을 깨우리

십자가의 길

위대한 생애

전능자이시면서도
출생부터가 초라한 말구유
목수의 아들, 그의 삶
눈물겨워라

그러할지라도
한 번도 불평의 흔적 없는 삶
오직 순종이셨던 겸허함
나 따라가리라

그의 생애 속
온 세상 나 가졌음에도 늘 가난했고
비난 또한 끝없었지만
왕권을 노리는 사람들의 아부와 음모까지도
가장 사랑했던 제자의 배신까지도
모두 다 용서하셨네

비우고 버리고 다 내어 줄지라도
이러면 이런다고 저러면 저런다고 비난하는
눈먼 로마의 군중들 침 뱉음까지도
참으라 하셨다

죽으라셨지
피었다 지는 낙화의 순간이 올지라도
그마저 아름다운 빛깔로 피우는
저 겨울 동백꽃처럼

우리도 아름다운 침묵 속
마지막 금빛의 고운 화관을 쓰고
맘껏 사랑하며 노래하리니
사랑하라 하시네

사랑

아직 생의 의미(意味)도 모르면서
제대로 된 사랑의 시(詩) 한 편도 모르면서
한 생애 서로 애만 태우다 피었다 지는 꽃무릇처럼
그리움 속에서 울다가 한 편의 시(詩)가 된 사랑은
햇살 속 사라지는 무지개이다

식어가는 찻잔 앞에서
그저 함께 있다는 그 하나만으로도 행복하다고
떨어질 줄 모르는 안타까운 두 그림자
모닥불이다

사람마다 보는 눈빛에 따라서
어떤 이는 사랑이 아름답다 하기도 하며
어떤 이는 깨어진 진주알 같다 하지

비록
표현하지 못하는 슬픈 사랑 일지라도
가슴으로 울어 주고 웃어 주는 사랑 하나 있다면
사람의 눈에 보이는 무지개 빛깔보다 곱다

멀리 있어도

자꾸만 보고 싶은 마음 하나만으로도

퇴적암 지층처럼

그리움으로 쌓이는 사랑의 의미

신비로운 꽃이다

사랑의 증인

심연의 깊은 가슴 속
보일 듯 말 듯 간직해 온
신비로운 사랑의 비밀들
꽃잎으로 피는 봄

천년의 기다림 속
가슴 떨리는 첫 만남의 설레임
골고다 언덕 위 서 있는
물푸레나무 한 그루

채찍에 맞으시면서
조롱하는 군중들 사이로
벌거벗은 알몸으로 쓰러지시는 모습
가없으신 꽃빛 사랑의 은총
가슴 타는 그대여

누가 보았을까
고요한 호수에 내리는 별
침묵하듯 아스러지는 달빛
모두 다 증인이다

전하여다오
사마리아 땅끝까지라도
너를 사랑하기에 나를 버린
사랑의 편지 한 장
전해다오

사랑해요, 내 사랑 그대를

내 사랑 그대 앞
아직도 고백하지 못한 사연들
숱한 이별의 위기 속에도
끝없는 기다림

한 생애 동안 살면서
세상 어느 부부인들 흔들림의 아픔 없으랴만
그 숱한 날들의 아픔을 사랑으로 감싸 안아
날 울게 한 그대

나
오늘도 그대 앞에서
울지 않는
금빛 웃음의 언어로
고백하리다

당신은 나의 동반자
늘 즐겨 부르던 당신의 노래 가사처럼
당신은 나의 영원한 동반자라고
가슴으로 고백하는 밤

별빛 아래서

사명(使命)

"네가 나를 사랑 하느냐"
숨 멎을 듯 고요한 어둠 속에서
당신의 목소리를 듣는 순간
떨리는 온몸의 신비로운 느낌들
사랑과 평안함

굳이 말하지 않아도
죽음의 강을 건너본 자들은 알 것입니다
삶의 모든 것들을 내려놓았을 때
느껴지는 한없는 평안함

고통 속에서도
사랑하는 이와 함께 하는 순간은
행복의 꽃잎이 피어나지만
천하를 소유하는 기쁨이 있을지라도
외로움은 견디기 힘겹지요

그러할지라도
우리는 다시 올라가야 하리
채찍과 가시면류관

홍포를 입으신 당신의 그 사랑

우리는 전하여야 하리

전하여야 하리

가슴으로

자녀를 위한 기도

아름다운 사계의 주인이시여
가을을 고운 노을빛으로 물들이시는 오늘
오색 가을날의 풍경을 감사합니다

세상 어느 부모가 자녀를 아끼지 않으랴
그러할지라도 이 하루도 멀리 있는 자녀들을
축복의 통로가 되게 하여 주소서

수많은 만남의 축복 속에서
항상 좋은 사람만 접하는 나날 되게 하여 주시고
혹여 그러하지 아니하면 만나는 사람마다
좋은 사람으로 변화되게 하소서

추운 겨울부터 씨앗을 뿌려
가을을 풍성한 열매로 거두시는 주님
이 하루도 배고픈 자녀가 배부르게 하시고
가난한 자녀가 부하게 되는 지혜로
부지런함을 익히게 하소서

사랑하는 자녀들의 삶

주님의 은총으로 살게 하소서

그리되게 하소서

생

한때 나는
한 편의 영화 속에 나오는 신비롭고 아름다운 러브스토리처럼
피할 수 없는 운명적 사랑과 행복한 신데렐라의 꿈을 꾸며
살았다

그러나 그것은
아직도 날개 없는 꿈일 뿐이다
영원한 꿈속 이야기로
신기루 속이다

그래 어쩌면 우리는 모두 다
태어나서 죽는 날까지 이렇듯 꿈속에 살다
꿈속으로 떠나가는지도 모를 일이다

그러기에 아쉬움의 눈빛으로 그대도 나도
새벽 바다로 가서 꺼이꺼이 울어 대는 갈매기가 되고
고요한 아침 뜰에 이슬 머금은 꽃잎으로 피고
때로는 황홀한 춤사위에 혼을 잃고 쓰러지는
신비로운 꽃잎의 생으로

그리운 님의 창가에 햇살 한 줄기로

한 송이 꽃으로 피어나는 생

꿈꾸는 것이다

상사화

천년의 사랑
별빛을 품에 안고 소곤거리다
꽃 지는 저녁 뜰 쌓이는 기다림의 세월
다시 또 천 년일지라도

만나지 않아도 가슴 떨리는
그리운 사람의 고운 눈빛 하나 있다면
굳이 손을 잡지 않아도 좋다

피었다 지는 서러움에
빗물보다 더 많은 눈물을 흘리면서
만날 수 없는 그리움의 사연들
각혈하듯 토하는 꽃물

서로 만날 수 없는 운명
그대가 날 원하지 않는다 할지라도
내가 그대를 원하지 않는다 할지라도
서로 사랑하지 않는 것 아니다

다만

사계의 순리 속에서

꽃잎보다 먼저 피었다 가야 하는 가녀린 잎사귀

얄궂은 시차의 운명이기에

함께 만나지 못하는 애틋한 눈빛

상사화

상처

시들어진 들꽃처럼 버려지고
혹여 잊히어졌을지라도
사랑 아니었노라 자책하지 말아라

어둠 속 빛나는 별빛들도
칠흑 같은 어둠을 배경으로 반짝이나니
하물며 이별의 긴 세월 속에서
그리움으로 승화된 아픈 사랑의 추억들
어이 사랑 아니라 하리

보라
발에 차이는 돌 하나도
지극히 사랑스런 눈빛으로 바라보면
저토록 고운 보석으로 빛나고
향기 되느니

바보 같을지라도
피할 수 없는 운명적 사랑
숙명처럼 받아들임으로써
바다가 되라

살아있기에

울면서 웃으면서 이렇듯
함께 산다는 것이 얼마나 행복이던가
단 한 번뿐인 생의 무대 위에서
아름다운 연극배우로

때론
한순간의 상처로 삶 전체가 오직 슬픔뿐인 듯
자신마저 깊은 미궁으로 빠지는 어리석음을 범하기도 하지만
또다시 일어나 달리는 아름다운 모습들

아름다운 연주자의 손에서
설렘으로 떨리는 음률의 진동처럼
살아있음에 느끼는 수많은 세월 속 추억들
이 얼마나 아름다운 노래인지

그대와 나
살아있다는 것은
신비로운 기적
경이롭다

생의 연가

차가운 눈보라 속에서
내가 너에게로 가는 길목엔 언제나 가시덤불들이 막혀 있었고
사나운 표범들이 입을 벌리고 서 있었지
그러할지라도 나는 늘 그리움으로
피를 흘리듯 고통 하고 신음하듯 쓰러진 채로
그대에게로 향하여
허구와 현실을 간간이 섞어가며 한 편의 소설을 쓰듯이 달려
갔었다
그러다 문득 내 지친 다리가 주저앉고 목마름이 극도에 달하면
나는 마치 사막의 지친 낙타의 등이라도 내리쳐
물 한 모금 얻을까 하여
온 힘을 다하다가
다시 제풀에 나자빠지듯 쓰러지고는 했었다
매일 그렇게 바다에서 하늘에서
꿈속을 날고 날아

꽃바구니를 든 소녀가
사뿐사뿐 행복 한 조각을 들고 와
눈물 고인 내 볼에 키스하고 달아나는
어느 아름다운 들길의 풍경처럼
그리움 가득한 생의 연가

새

흔들리지 않으려
혀를 깨물듯 다짐을 하다가
다시 흔들리는 갈대
가을이다

아득한 수평선 위로
퍼득 날다가 꺼이꺼이 울다가
다시 낙화하듯 곤두박질일지라도
다시 하늘로 오르자

생은 늘 흔들리고 멈추는 바람인 것을

더듬어 생각해 보면
울지 말자 울지 말자 다짐하면서도
밤새워 꺼이꺼이 울다 잠드는 것이
비단 새 한 마리뿐이겠는가

햇살 속 눈사람도
행복하다 행복하다 노래 부르다
한 마리 새 되었다

소중한 인연(因聯)

아무리 귀한 것이라도
이생에서 영원한 소유자는 없으니
이별을 아파 말거라

화려한 꽃잎일수록 향기가 적지
발에 밟히면서도 모질게 피는 민들레처럼
인연 또한 모질지

운명보다 강한 숙명인 듯
소중한 인연일수록 어렵게 만나고
악연일수록 쉽게 만나고 돌아서
아픔의 씨앗을 뿌리느니

그리운 사람아
못 견디게 보고픈 날에는
봄비 닮은 눈물 뿌려 자란 꽃 한 송이
가슴 속 깊이 숨겨 두어라

별빛처럼 고운 추억들

아무도 모르는 비밀 서랍 속

감추어 둔 보석보다 더

소중하다

2021.10.16

4부

멈출 수
없는 사랑

수선화에게

한 세상 사노라면 때로는
별빛에게 말을 거는 외로운 날이 있지
힘겨워하는 그대를 위하여

수많은 사람 속에서
스스로 홀로라는 것이 느껴질 때
아무도 없는 텅 빈 무덤 속처럼 싸늘하게
식어버린 세상과 마주친다

그러할지라도 견디어야 한다

골고다 언덕
숨 막히는 그 고통의 순간에도
피곤한 삶을 무게로 쓰러져있던 이들
그분의 사랑하는 제자들이였기에
홀로 걸어야 한다

홀로 오르다 지친 삶의 언덕길
울컥울컥 솟구치는 눈물을 감추며 웃고
아무 일 없는 듯 초연하게 앉아
두 손을 모으며 울며

더러 가슴이 떨리고
지상으로 떨어지는 눈물방울이 떨리고
흐르는 눈물이 분노로 변할지라도
기억해야 하는 한 마디

별은 언제나
짙은 어둠 속에서 빛난다

숲

너에게 안기는 순간
나는 한 마리 새가 되어 노래 부르리
창공을 누비는 희열과 황홀함으로
버리고 비우는 익숙함으로
가벼이 날아오르는 비법을 익히리라
버거운 삶의 무게에 짓눌러
날지 못하는 나의 영혼을 자유로이 날게 하는
너의 숨겨진 생의 비법을 듣고 배우며
함께 날아오르리라
그러다 가끔은 눈을 감고
세상에서 가장 평안한 자세로 앉아 휴식을 취하는
너의 욕심 없는 삶의 비법 또한 배워가면서
언제나 푸른 가슴으로 나누어주고 보듬어주는
너의 여유로운 믿음의 마음을 본받아
무릎으로 살아가리라

아름다운 이별

참 아름다운 사랑
한 송이 꽃이 되고 싶다고
어둠 속 빛나는 별 되고 싶다고
그리도 애절하게 말하던 너
이제는 떠나는 뒷모습 보이며
이별의 눈물 감추는 아픔
한 송이 꽃이 되고 별이 되어
또다시 만나는 그날
고운 웃음이 되자

아무도 대신 살아줄 수 없는 소중한 생

단 한 번뿐인
아무도 대신 서 줄 수 없는 소중한 내 삶의 무대 위에서
가장 아름다운 몸짓으로 춤추며 살아가자

때로는 흔들리고 넘어질지라도
다시 일어나 달리는 소중한 삶의 자세로
또다시 꿈꾸듯 살아가자

진정으로 그리운 사람이라면 이별했을지라도 아직 끝 아니다
그리움이 죄가 되지 않기를 간절히 기도하는 이들에게는 그리
움은 사랑이다
가슴으로 그리워하는 사람들의 눈빛이라면
굳이 만나지 않아도 좋다

하얀 갈매기 날아오르는 겨울 바다의 잔잔함처럼
우리는 늘 그렇게 그리워하자

사랑하는 사람들에게
그리움의 유효 기간은 영원이다
사랑하는 마음은 무죄다

봄 병

봄 뜰
하얀 목련꽃 보면서
유난히도 가슴 설레던 그해
그 따스한 눈빛 속에서
참 행복했었다

뜰 앞 가득히
피고 있는가 하여 가슴 설레면
어느새 떨어지는 꽃잎들
얄궂은 운명

이별

그 이후
꽃 피고 꽃 지고 새 울고 바람 불고
그때마다 나는 늘 홀로
열병을 앓듯

끙끙 밤 지새듯
울었다

기적

첫닭 울 적마다
늘 죽은 듯 살아오던 심장
바람 소리에 울부짖다
갈대숲에 숨었지

어둠 속에서
타는 목마름으로 애원하듯
누가 나에게 물 한 방울 다오
단 한 방울의 핏빛 생명수
영원한 빛을 다오

기적의 체험이다
고통뿐인 죽음의 계곡으로
붉은 핏방울이 스며드는 순간마다
고운 꽃잎들이 피어나고
무덤 속 백골들이 살아나는
신비스러운 광경

죽음과 싸웠다
다시 생명의 꽃으로 피어
별이 되어 빛나는 그날을 위하여
부활의 언덕에 우뚝 선
십자가

그대의 영혼
봄 개울가에서 씻으며
환하게 웃음 짓는 순간들
꽃피는 에스겔 골짜기
하늘 푸르다

부활의 증인

숨 멎을 듯 고요한 적막 속
다 이루었다 하시며 운명하시던 순간
찢어져 내린 지성소 검은 휘장들
십자가 사랑의 시작

방황의 긴 세월 속
생채기 난 영혼의 슬픈 상처들
말끔히 아물어지는 이 아침
부활의 증인 됩니다

죄인 중의 괴수인 이 죄인이
이미 죽어 음부의 밑바닥에 떨어졌을 것을
아직도 이리 살아 감사의 찬미 부르는 순간 또한
부활의 은총입니다

흑암과 공허의 이 땅 위에
하얀 목련꽃보다 더 순결한 영체로
피어오르신 당신의 꽃잎들
부활의 신비로움

사랑하는 이들의 배신 속

외로움 속에서

조롱과 멸시의 가시면류관 쓰신 채로

벌거벗은 몸으로 오르신

골고다 언덕

부활의 승리라

예수 그리스도

우리를 사랑하기에
하늘의 보좌를 버리고 오신
아름다운 당신의 이름

성경 속에서 처음 알았을 때
떨리는 내 마음은 이미 그대의 품속 안기고
그날 이후로 내 삶은 기쁨이 되었고

남존여비의 슬픈 시대에
배고픈 가난한 농부의 딸로 태어나
절망과 좌절뿐인 삶 속에서
벼랑 끝으로 달리는 그 나날 속
당신은 나에게 마지막 꿈
생명이 되었고

십자가 위에서
핏빛 가시면류관 쓰신 채로
우리를 향한 침묵 기도
가없으신데

하늘의 왕이심을
아직도 알아보지 못한 군병들
알몸의 성채 덮으신 홍포마저도
서로 가지러 제비 뽑을 때
이 마음도 아파서

참으로
많이 울었습니다

욕심 버리기

욕심 가득한 항아리
비운다고 아우성쳤는데
다시 보니 원점이다

부질없는 숱한 것들
버리고 비운다고 했는데
다시 보니 원점이다

고요 속에서
뒤돌아보니 모두 다 내 탓이다

그래서
꽃잎 앞에서 울지
운명처럼

낙화

붉은 동백 꽃잎들처럼
피를 토하듯 숨겨간 영혼들
각혈하는 오월의 숲속

오월아
오월아

보이지 않아도
어디선가 들려오는 너의 목소리
땅속 깊은 곳에서 들리는
슬픈 함성들

오월아
오월아

슬픈 민주화의 역사 속
누가 때린 자인지 맞은 자인지
그 핏빛 고통 속 남겨진 상처
아픔은 너무 크구나

오월아
오월아

흘러간 물결 속으로
함께 흐르지 못한 채 남겨진
취객의 목소리처럼
비틀거리는 기억의 진실은
너만 아는 것인 듯

홀로
울지 말아라

생은 늘
핏빛 꽃잎들 피었다 지는
안개 속이다

왜 이렇게 되었을까?

먹먹한 심장
가시 걸린 듯하네

자랑스러운 조선의 후예들
격동의 세월 속에도 잘 살아 왔었지
전쟁의 틈새에도 사랑하고
오직 순전을 지키는 불굴의 신앙으로
백 년을 지나온 우리

왜 이렇게 되었을까
그 옛날 작고 좁은 낡은 초가지붕 아래서
여섯 식구 배고파도 웃고 살아왔는데
수천만 원 고가의 밍크를 입고도
외로움에 떨고 선 사람들

거식증 환자처럼
비만으로 살이 찌고 배가 불러도
늘 배가 고프다고 아우성치는
우리들의 아픈 현실

왜 이렇게 되었을까
알몸으로 빈들에 버려진다 할지라도
두렴 하나 없는 믿음의 용기 있는
행복한 나날 있었는데

오늘 그대와 나의 영혼은
왜 이리도 작고 초라한 모습으로
풀잎 위로 기어가는 달팽이를 부러워하듯
가진 것에 연연하며 부패한 모습
욕심쟁이 항아리처럼

안타까운
우리들의 자화상

십자가 아래서

한 자락 홍포를 벗기다
누가 이 옷자락을 가져갈까
재산분배 싸움을 하듯

고통스런 성체 아래서
혈안이 된 듯 눈을 부릅뜨고 서 있는
십자가 아래 가련한 군병들 모습
누구의 모습일까요

우리는 선과 악 사이에 늘 갈등
권력과 재산 그리고 사랑을 갖기 위해
마치 행운의 네 잎 클로버를 찾듯
제비뽑기 하고 있는가

내가 될까
내가 될까

땅 위의 왕권을 위하여
매일 가슴 조이는 순간 속에서
행운을 기다리는 우리

제비뽑기
결과는 하늘의 뜻이다

우리는
받아들이자

죽음 앞에 서면 알게 되는 몇 가지가 있다

그날에는
헛되고 또 헛된 것이라고 고백하는
전무후무 지혜의 왕 솔로몬처럼
생의 비밀을 알게 되리

모진 생명
탯줄을 부여잡고 태어나 무덤에 덮이는 날까지
아무것도 모르듯 살다 어디로 가야 하는지
그날에는 알게 되리

살아있는 날 동안
가슴 아픈 사랑도 그리움도 행복도
모두 다 잡을 수 없는 바람 속의 한 마리 새라는 것을
비로소 알게 되리

한 줌이 전부이고
전부가 한 줌인 텅 빈 허공 속 가득히 채워 주는
그리움이 한 마리 새라는 것을

비록

화려한 꽃송이 피우지 못한 잡초라 할지라도

풋풋한 향기 나는 삶이 즐거웠다는 것을

그날은 알게 되리

친구야, 너를 만나면 기분이 참 좋다

살다가 만나지는 숱한 사람 중에서
함께 있으면 기분이 참 좋은 너

언뜻 눈빛만 보아도
걸려오는 전화 속 목소리만 들어도
마음이 무엇을 말하는지 알아
위안이 되는 너

단 한 번뿐인 삶 속에서
서로에게 주어진 길은 다를지라도
어쩌다 힘겨운 한숨 소리에도
서로의 등을 내 줄 수 있는
그런 친구가 되어가자

사람이기에
누구나 근심과 걱정이 있고
때로는 흔들리고 넘어질지라도
그때마다 서로 힘이 되는
그런 친구가 되어가자

꽃빛 가을 언덕 위에서
가녀린 코스모스를 흔드는 바람
낙엽 지고 흰 눈 내리는 겨울이 와도
함께 사랑을 노래하며 가자

친구야
살다가 삶이 힘겨운 날에
나를 만나면 맘이 평안하다는
너를 만나면 나도 참 좋아
너를 사랑해

풀꽃

사노라면 때로는
까닭 없이 눈물이 나고
누군가 그리워지는
그런 날 있다

무지개처럼 화려한
지상의 무수한 꽃잎 속에서
누가 나의 고운 이름을
기억해 줄까

비록 들길에 피어난
이름 없는 초라한 풀꽃일지라도
나는 그대 가슴 속 기억되는
고운 풀꽃이 되고 싶다

끝없는 경쟁 속에서
채울 수 없는 욕심의 항아리
어리석은 자존심 버리고
진실한 삶의 모습

꼭

일등이 아닐지라도

최선의 삶을 살아가는

꽃으로 피고 싶다

행복 연습

소중한 꿈 남겨 둔 채로
냉정히 돌아서는 아쉬운 시간들
송년의 안타까운 후회들

간절히 빌었던 어제의 꿈들
올해 다 이루지 못하였을지라도
다시 한번 더 꿈꾸어야지

인생이 무엇이던가
아침에 피었다 사라지는 안개인 것을
어리석게도 욕하고 미워했던 어제의 마음들
모두 다 후회하듯 눈물 흘리면서
찢기고 생채기 난 가슴 다독이는 삶
어제오늘 그리고 내일이다

생은 그런 것이다
사람이기에 사랑하고 그리워하고
이별도 하고 후회도 하는 것이다
다시 사랑하는 것이다

그래 그러할지라도
다시 행복한 내일을 만들어 가자

아직 우리에게 오지 않은
내일도 다시 그리움의 고운 꽃으로 피어
누군가의 가슴 속 훈훈한 미소가 되는
행복 연습을 하자

덕유산에서

하얀 눈 쌓인 산꼭대기에서
그리움처럼 아득한 산봉우리들 보노라니
언제나 그리운 임의 심장 박동소리
내 안에서 뛰고 있다

매일 사랑한다면서도
위선의 입맞춤으로 스승을 판 유다처럼
경솔한 사람들은 죄가 무엇인지 잘 모르면서도
저마다 신이 된 듯 당당한 몸짓의 언어로
타인의 허물과 죄를 지적하고 욕하며
쉽게 침을 뱉고 떠나기도 하더라

하지만 보라
여기 천년의 산은 그대로 있느니
바람 속에도 쉬이 변하지 않는 마음
본받아야 하느니

아득한 안개 속에서
수많은 생이 오고 가고
또 그러할지라도

창세 이후로

살아서 천 년 죽어서 천 년

변함없이 그 자리 서 있는 주목나무처럼

약속을 지키는 침묵의 사랑

그대도 나도

고개 숙여 배워야 하느니

회개

미워할지라도
가슴은 용서를 가르치는데
영은 사랑 하나

안개 속 한 생애 떠돌다
오늘 밤 미련 없이 떠난다 할지라도
나의 가슴을 찌른 가시마저도
따스하게 품을 수 있는 포근함으로
행복한 사람 되리

가슴은 꽃이 피는데
머리는 온통 미움과 분노로
얼어붙은 강물인 듯

뒤돌아보노라니
오 두렵고 어리석은 너 작은 사람아
네가 내 안에 있었구나

용서를 가르치면서도
도리어 자신을 용서하지 못하는
가장 위선적인 바보의 모습
바리새인이여

이런 집에서 살고 싶다

작은 연못 하나 있는
도심에서 그다지 멀지 않은
섬인 듯 섬 아닌 작은 시골 동네에서
사랑하는 그대랑 점심을 먹고 난 후
뻐꾸기 우는 소리를 들으며
별 헤듯 살고 싶다

그윽한 꽃향기의 담벼락
푸른 마당에는 철 따라 피는 꽃들로
상추며 고추며 당근이랑 골고루 심어
이웃과 나누는 행복 누리면서
욕심 없이 살고 싶다

뜨거운 여름인 듯
붉은 산딸기 익는 계절에는
그리운 벗들에게 소식 전하리
잘 살아 있거든 찾아오라고
향긋한 허브차 한잔하며
추억을 나누자고

그러다 문득

곳곳에 오색 단풍 보이는

아름다운 가을이 오면

배추쌈 싸 들고

머루랑 다래랑 바구니 가득 담아

지나간 추억들을 그리며

감사 찬양 드리는

강건한 믿음의 삶 속

산 오르리라

입춘(立春)의 추억

봄꽃 따던 꽃다운 시절
따스한 봄 햇살이 그리워
입춘 날 열 한 시
눈부신 하얀 웨딩드레스 입고
풀꽃반지 꿈꾸던 언덕 위
예배당 언약식

신의 축복 속에서
사랑의 이름으로 떨리는 심장
진주 눈물 뚝뚝 떨어지는
그날의 현실은 냉혹한 추위
시간을 초과한 주례사는
아직도 숙제인 듯

꽃샘추위 속에서
너울 속 어여쁜 그녀의 눈빛은
보석처럼 빛나고 싶었지만
그리 쉽지 않았다

설레임으로
생애 처음 받아들었던
하얀 백합꽃 부케를 던진 후
눈부신 파도 밀려오는
해운대 바닷가 조개 하나
다이아몬드처럼 만지며
수십 년 지났다

하룻밤 꿈이었던가

이제는 가물거리듯
비밀 서랍 속 조약돌 하나
봄 빗물에 말갛게 씻겨 두고
다시 설레임으로
하얀 백목련 새순처럼
눈부시게 피고 싶다

달빛예찬

노란 달맞이꽃
가득 피어 기다리더라

별빛 아스러지는 밤
초승달에게 사랑에 빠진 듯
그대에게로 가는 길

고운 별빛도
수줍은 듯 숨어있더라
달빛 아래서
정지된 심장의 떨림
사랑이었을까

으흠 어험
아버지의 헛기침 소리
놀란 듯 달리는
별 하나

떨리는
작은 손바닥 위
달빛 한 줌

119를 불러놓고

갑자기
가슴을 쥐어짜듯 고통스러운 순간이었을지라도
혹여 이 기도가 마지막 시간될 지도 모른다는 절박함 속
소리 없는 절규의 기도 드렸습니다

"살려 주세요
다시 한번 더 생의 기회 주심 정말 잘 살겠습니다"

그 이후
점점 헉헉거리며 의식은 사라져가고
그 이후를 나는 모르지만

산소호흡기를 꼽은 상태에서 다시 대학병원으로 후송되고
폐기흉 시술 후 대학병원 소생실에서 깨어났을 때는 깊은 밤

눈을 뜨고
진정 감사드립니다라고
다시 또 살려주셨구나
감사의 첫 기도
눈물 속 드렸습니다

사람답게 사는 것

정말 쉽지 않다
사람답게 산다는 것
두 손 모으고
조용히 뒤돌아보니
나도 그렇다
꼬부랑길 걸으며
성도답게 산다는 것
더욱더 그러하네
고난 속
그래서 흔들리고
넘어졌었나

선유도 이야기

작은 돌섬으로 걸어가
큰 소라 속에 기름 붓고 솜털 넣어서 등불을 켜서 달아두고
군화끈을 풀어서 소나무 묶어 소나무집을 만들고
솥솥밥을 해 먹었다는 그 아이들은
어디서 무얼하고 있을까

첫날은
숨겨둔 듯 내어주지 않았던
해삼이랑 꽃게랑 예쁜 조개들을
다음날엔 덤처럼 바구니 가득 잡았다는
이제는 중년을 넘어서는 어느 노신사의 추억 이야기
칠구 동기들

오늘은
나도 선유도 바닷가 아이들처럼
그곳에서 이쁜 소라를 따고
솔가지 꺾어 만든 작은 움막 속
이쁜 소라 등불 밝혀 걸듯
행복한 꿈꾸리라

5부

행복 연습

꽃빛 기도

사랑하며 살리라
덧없는 세월 속 설움일랑
훨훨 벗어던지고
살아온 날 동안 못다 한 사랑
이제는 오직 섬김으로
낙타 무릎 되어

대나무를 보다가

사위 생각이 난다
마음속 하고픈 말들을 다 하고 사는 듯
자신감 넘치는 사위의 스타일
나도 그리 살고 싶었는데 그리 못했지
지천명의 세월이 지나서야 겨우
하고픈 말 몇 마디하고 사는 듯
늘 우물쭈물거리다 뒷북치듯 후회하고
또 결심해 보아도 안 되는 건
아무래도 타고나는 듯
부러웠다

물빛 종소리

별빛 아스러지는 강변에 서면
언제나 나를 부르는 다정한 목소리 부드러운 손길들
한 줄기 바람처럼 날아와 내 여린 영혼을 흔들고

긴 세월 삶에 지쳐 쓰러져가는
그대와 나의 영혼 속 물빛 종소리로 흐른다

한 영혼을 위하여
지성소의 깊은 뜰에서
긴 밤 홀로 울어본 이들은
알리라

붉은 봉숭아 꽃물보다 더 고운 십자가의 삶 얼마나 외로운
길이란 것을

순례자의 삶
흔들리고 넘어질지라도
별빛 아래서
다시 또 일어나 걸으리
다짐하듯

나는 이 밤도 조용히
풀잎 스치는 바람의 작은
속삭임 듣는다

내리사랑

딸아
너를 보면 나는 좋다
아들아
너를 보면 나는 좋다

아들아 딸아
너희들도 그렇지
내리사랑이야
그렇지

벼랑 끝에 핀 꽃 한 송이

한 폭 풍경화처럼
기암절벽 위 한 송이 꽃
아름다워라

벼랑 끝에서 얼마나 힘들었을까

애태우는 시간들
떨어질 듯 위태로운 삶
견뎌 낸 그 긴 세월들
나는 알고 있다

사계의 순리 속
대지 위 이름 모를 꽃 한 송이도
드리다보면 모두 아픔들
바람 맞으며 피어나는
벼랑 끝 꽃잎들 또한 어떠랴
잘 견뎌낸 고통의 세월
신비로워라

모진 눈바람 맞으며
연둣빛 봄 기다리는 시간들
얼마나 외로웠을까

오직
한 송이 꽃으로 피는
꿈 있기에
바람 견디어 오늘을 맞는
너를 꿈꾸는
나

내일은 신비로운
한 송이 꽃으로 피어
향기 발하리

날 울게 하는 아들의 감동 편지
−사랑하는 어머니에게

12남매의 아홉째로 태어나
위아래 남정네들의 학비를 대며
집안일을 하며 살아오다가

36년 전 어느 날
경상도 한 남자를 만나
한 남편의 여인으로
한 목사의 사모로
그리고 두 아이의 엄마로

당신의 이름을 잊은 채
지금까지 걸어오신 그 걸음에
감사의 마음을 전합니다
아내라는 이름으로
사모라는 이름으로
엄마라는 이름으로
잃어버렸던 당신의 이름을
찾아드릴 수는 없지만

오늘
어머니의 이름을
불러드리고 싶습니다
사랑스러운 여인
아름다운 여인
이다선…

그대가 나의 어머니여서
세상에서 가장 행복합니다

사랑스러운 여인 다선에게
하나님의 아들 요한 드림

아버지의 인생

늘
고단하셨다

어렵게 얻은
소중한 열두 자식들
다 키우진 못하셨지만
이남육녀 벅차셨다

가슴에 묻은 자식들
남자라서 차마 눈물 참으시고
홧김에 나온 도시 생활들
얼마나 힘드셨기에

아버지는 날마다
잠드는 것이 죽는 것이라 하셨다
"밤에 죽고 아침에 살아난다"

아버지의 나이가 되니
밤마다 죽고 아침마다 살아나서
새로운 인생을 사는 듯
감사하다

엄마니까 1

가슴이 탄다
아프리카 우간다 선교사로 가 있는
아들의 소식을 들으며 기도하고
언제나 하나님의 아들이라고
하나님이 책임지시라고 떼쓰지만
그래도 엄마니까
며칠 전 확진 판정 받으신 선교사님과
이틀 전 만났다는 이야기에
가슴 철렁하다가
아프리카 선교사로 들어간 지 한 달 만에
코로나 확진되어 며칠만에 순교하신
어느 선교사님 이야기를 듣다가
나는 또 가슴을 쓸어내리네
엄마니까

엄마니까 2

아기가 울고 있다
자꾸만 아기가 울고 있다
울고 또 울고 또 울고
엄마도 지쳤네

싸놓고 울고
배고프다고 울고
심심하다고 울고

자꾸만 울어 대는 아이에게
울지 마라 말해도 모르는 듯
또 우는 아기
난감해 하는 엄마에게
이제 그냥 좀 쉬었다 안아요
안쓰러운 초보엄마 고개를 돌려
아기에게 달려가 덥석 아기를 안고
그래도 제가 안아줘야지요
"엄마니까"라고
말한다

돌아보니
나도 그랬다

가족 여행

달리자 바다로
오랜만에 떠난 여행이다
사연 많은 세상일지도
우리 가족 다시 뭉치자
다시 함께 달리자

보아 저어기 저기
담쟁이덩굴들도 손잡고 가잖아
높은 담장 함께 넘으려고
손잡고 가잖아

풀꽃을 보다가

딸 생각이 난다
언제나 풀꽃처럼 살아가는
눈물겹도록 어여쁜 딸
사랑스럽다

언제나 말이 없는
보일 듯 말 듯 풀꽃 같은
딸이 사랑하는 이를 만나
결혼하고
첫 딸을 낳아서
친정집이라고 찾아 왔을 때
나는 울었다

다섯 해 후
둘째 딸을 안고 왔을 때
숨어서 울었다

2021·10·15

고마워요

그대 고마워요
이렇게 남은 생 함께 가요
때로는 비 오는 날도 있고
눈보라 치는 날 있어도
그래도 함께 가요

서로 달라도
우린 부부니까요

청춘 일기

앗
나는 아직 열아홉 같은데
자꾸만 나를 보고 누가 할머니라고
다정스레 부르고 있다

나
아직 할미꽃 아닌
개나리야

봉숭아 꽃물 들이다

언니 생각이 나네
어릴 적 고향 시냇가에서
봉숭아 빻아서 꽃물 내어
작은 손톱마다 싸매어
곱게 물들여주던
우리 언니

어릴 적 기억이
손톱에 꽃물 들일 때마다
새록새록 그립네

언니
시집가서 잘 살아
꼭

장갑공장 사장님

언제나 말없이 베푸시는
그분들의 가슴은 꽃잎보다 아름답지요
소중한 것들을 베풀며 나눌지라도
자신을 나타내지 않는 언어로
모든 영광을 하나님께 돌리시는
여든 노부부의 사랑 이야기
참 아름답지요

노을빛처럼
아름다운 인생의 열매
빨갛게 익어

흔들릴지라도 그대는 아름답습니다

살아온 날 동안
기억 속 꽃빛 상처들이 모여 앉아
하얀 안개꽃으로 핀 창가
흔들리는 것은 내가 아니라 바람이었다
몸부림칠수록 더욱더 거센 흔들림
날마다 썰물처럼 빠져나간 후
텅 빈 내 안의 공허는 늘 가시로 남고
그러할지라도 나는 늘 웃고 있었지
언제나 내 안에 함께 계신
당신 까닭에

참회록

부디
백합꽃처럼 살게 하소서

가시덤불 속에서
더러 찔리고 피 흐를지라도
그 고통이 향기로 번져
당신을 알리게 하시고
부디
이후의 시간은 핏빛 눈물로
살게 하소서

소원

지금껏 그리했듯이
내 마지막 날에도 변함없이
눈물 속 꽃빛 기도 드리리
오직 십자가 은총으로
지상의 한 세상 잘 살다 가노라고
안녕이라고 손 흔들며
하얀 세마포 옷자락 휘날리며
사랑하는 나의 임 손 잡고
왈츠를 추면서 가는
소중한 꿈

인연(因緣)

꽃잎은 바람을 만나 흔들림으로 향기 발하고

사람은 소중한 인연을 만나므로 아름다운 향기가 난다

시들어져 가는 꽃잎도 그대와 나의 것은 소중하지

하늘빛 사랑으로 맺어진 우리들의 고운 사랑

아름다운 만남 속 기적처럼 신비로운 꽃잎들 피어

끊으려 할수록 더욱 더 깊어지고

멈추려 할수록 더 멀리 달려가고

그렇게 달려온 우리들의 소중한 인연의 꽃잎들

이렇듯 곱게 피었습니다

195

그녀의 고향으로 가보고 싶다

아득한 기억 속
감꽃 목걸이 만들어 목에 걸었던
나의 고향처럼 아늑한 풍경들
맑은 산개울마다 다슬기랑 가재랑
하품하듯 기지개 켜는 곳

그녀는 참 행복했겠지
머루랑 다래랑 가득 담긴 바구니
호두나무 아래 웃고 계시는 아버지
그 행복한 추억의 이야기들로
일장춘몽 같은 인생의 거친 바다 위
기도로 살아오면서

아아 나도 가보고 싶다
알프스의 소녀처럼 눈이 큰 그녀
이야기 속 아름다운 고향으로
그리운 열일곱 내 청춘이랑 함께 달려가
감꽃 목걸이 걸어 주시던
그리운 나의 아버지 헛기침 소리 들으며
빨갛게 익어 가는 감홍시 하나 따서
그리운 벗이랑 나누고 싶다

이 가을이 가기 전에
빨갛게 물들어가는 단풍길
그녀의 고향산천 들녘
코스모스 하늘거리는 그 산길
바람 속 쇠뜨기풀 소리
나도 듣고 싶다

괜찮아요, 최고가 아닐지라도

괜찮아요, 최고가 아닐지라도
내 가슴속 반짝이는 별은 그대니까요
나에게는 그대가 최고입니다

비록
강남의 높은 빌딩이 없을지라도
한 뼘 땅 없을지라도
우리는 최선을 다해 뛰었으니까
최고의 삶입니다

그대 힘내요
아직 우리는 꿈이 있어요
저 별이 빛나는 날까지
함께 걸어가요

기독교적 인간관계와 사랑을 실천하는 선교적 시(詩)를 통해 문학의 힘을 느끼게 하는 시인의 등장에 반가움과 놀라움이 공존한다

이현수(시인, 한양문학 주간, 새한일보 논설위원)

근대 한국문학사에서 기독문학이 차지하는 비중이 점점 넓어져가고 있다. 기독문학의 유입은 한국의 근대화 과정과 맞물려, 조선의 개화운동, 일제통치하의 민족운동과 밀접한 연관을 지니게 된다. 당시 기독교인들의 의식 속에는 개화와 반봉건 그리고 자주와 항일의 계열로 연결되었으며, 기독교단의 성장과 조직화에 힘입어 일본 통치에 저항하는 민족운동의 비중이 높아지며 기독문학이 차지하는 비중 또한 가열차게 성장하게 되었다고 이해하면 된다.

더불어 기독교의 수용·전파의 과정에서 학교, 병원, 신문, 출판 등의 서구 문물의 이기들이 보급되고 개화파를 중심으로 한 근대화 과정에서 기독문학 또한 주도적인 역할을 하게 된다. 또한 성서의 한글 번역과 찬송가의 편찬 등을 통하여

산문 문체의 개발에 자극을 주고 신체시의 형성 기틀을 마련하는 등, 한국의 신문학과 근대 문학 초창기에 주목할 만한 기여를 했다고 볼 수 있다.

시인의 사상과 정서를 기반으로 인간적 구원의 시를 그려내는 시인의 등장은 기독문학이 한국문학 전체의 주도권을 잡는 계기가 될 것이다

최근 영남 지역에서의 가독문학을 대표하는 여류 시인이 나타났다. 기독교적 인간관계와 사랑을 실천하는 선교적 시와 시인의 사상과 정서를 기반으로 인간적 구원의 시를 그려내는 시인의 출현에 문단이 들썩이고 있음은 부인할 수 없는 사실이다. 그녀가 바로 대구에서 창작활동을 하고 있는 시인 이다선이다.

시 문학이 소설에 비하여 기독교의 영향 아래 쓰인 한국 현대시의 성과물들은 하나의 주류를 이룬다고 할 만하다. 대표적 민족시인 윤동주를 시작으로 하여, 박두진, 박목월, 김현승, 김경수, 박화목, 석용원, 이상로, 임인수, 황금찬, 박이도, 그리고 70년대 이후의 고정희, 정호승, 김정환에 이르기까지 시적 초월의 문제는 종교적인 경지에까지 승화되었으며, 과거의 보수 신학에서 최근의 민중 신학에 이르는 신학적 변모과정을 시적으로 반영하면서 일정한 성과를 보여 온 기독교 시 문학의 발전과정은 괄목할만하다고 하겠다.

이제 그 중심에 근대 한국 시문학을 이끌어갈 이다선 시인

의 급부상은 기독문학이 지닌 큰 자산으로 평가 받는다 아니
할 수 없게 되었음이 기정사실이다.

그대
갈바람 앞에 서 보라
흔들리는 것 어디 갈대뿐이랴
그대와 나의 영혼도
갈대 앞에는 그저 침묵으로
마음을 내어 주듯 곱게 흔들리다가
한 송이 꽃 되지 않으랴

아름다운 생
붉게 물든 꽃빛 사랑
아픔 속 빛나는 진주처럼
아름다운
꽃빛 추억 되지 않으랴
내 사랑처럼

곱게

–이다선 시 「흔들림」 전문

갈대는 흔들리는 것이다. 사람의 생도 흔들리며 지나다 또
다시 그 자리를 찾는 것은 갈대와 같은 뿌리가 튼튼한 존재

라는 사실을 입증하기 때문인 것이다. 갈대의 흔들리는 모습에서 종종 연약한 인간 존재와 비유되는 현상을 독자들은 알고 있다. 그런 갈대가 침묵으로 마음 내어주는 시인의 영혼과 비슷한 처지임을 시인은 마침내 귀띔해 준다. 흔들림으로서 그의 생존을 알리고 소리치는 것이라고 여겨왔지만, 보이는 모습 그대로 그저 바람에 흔들리고 달빛에 기우는 가벼운 존재가 아니라는 것이다. 시인이 가진 깊은 사랑처럼.

명시는 독자들이 가장 쉽게 이해하고 받아들이는 시를 말한다

시로 위로 받고 시로 치유되는 기쁨이 있다면 그게 문학의 효용론이다. 시간과 공간을 초월하여 언제 어디서나 누구에게나 사랑받는 시는 분명 있고 그런 시를 우리는 명시라 말한다. 어려운 낱말이나 혹은 수사어만 가득한 시에 식상해진 시인의 나라에서 나 자신을 벌거벗어보려 발버둥 쳤을 이다선 시인의 시를 읽으며 시집 안에 들어 있는 모든 시가 그녀의 헌신적 노력으로 만들어낸 값진 결과물이라는 찬사를 보내고 싶었다.

떠나있을지라도
내 안에서 울고 있는 너의 목소리
웃고 있는 너의 눈빛 속 아픔의 목소리
영혼으로 나는 늘 듣고 있음을

잊지 말아 줘

십자가 사랑으로
함께 울고 웃으며 지냈던
십칠 년의 동행

어여쁜 꽃빛 영혼아
힘겨움 속 그대가 함께 한 시간들
너무 행복했었기에

그대
사랑합니다

　　-이다선 시 「낙엽에게」 전문

　시에서 낙엽이 가진 의미는 세상 가장 낮은 곳에서 이리저리 부는 바람에 흩날리는 미물이 아니라 가장 낮은 곳에서 몸을 낮추고 자신을 돌아보는 행위인 것이다. 시인과 동행한 17년 세월을 멀리하고 떠난 존재 역시 한때는 많은 것들에 사랑받고 존중받았을 가치를 지녔을 것이라는 내용을 담았다. 십자가 사랑은 시인의 운명이기도 하고 집안의 역사이기도 하다. 시인의 부군은 현직 목사이시고 그녀의 귀한 아들은 해외에서 선교활동을 하며 하느님 말씀을 전하는 목사이다. 시인의 시 군데군데 새겨진 사랑은 하나님의 말씀으로 이해해도 좋을 것이라는 게 필자의 생각이다.

시인 이다선이 지향하는 시의 근간은 하느님 말씀을 문학으로 풀어내고 이를 대신 전하려는 새로운 문학세계의 구축을 말한다

하느님의 말씀을 글로 표현하고 그 글을 시로 만들어 내는 탁월한 재주, 자신의 재능을 하느님의 말씀으로 대신전하려는 새로운 문학 세계 구축, 그게 시인 이다선이 지향하는 문학이자 시인이 만들어가는 시의 근간이 아닌가 싶다. 시공을 초월하여 언제 어디서나 누구에게나 쉽고 편하게 읽혀지고 독자와 함께하는 시는 분명 있기 마련이다.

어쩌면 모두 다
채우지 못한 욕심의 항아리처럼
부질없고 어리석은 것인 듯
흔들리는 시간 속

밤새 눈물 흘리다
나는 누구인가 스스로에게 물으면
어디선가 들리는 조용한 목소리
당신이신가요?

바람 속에서

흔들리는 나를 곧추 세우시는

물빛 종소리

–이다선 시 「고백」 전문

홍사용의 시 「나는 왕이로소이다」라는 시가 있다. 1923년 9월에 발간된 『백조 3호』에 실렸던 작품으로 잘 알려져 있다.

"맨 처음 내가 너에게 준 것이 무엇이냐? 어머니가 물으시면 맨 처음 어머니에게 받은 것은 사랑이지요마는 그 사랑은 눈물이더이다 하겠나이다. 맨 처음 네가 나에게 한 말이 무엇이냐? 어머니께서 물으신다면 맨 처음 어머니께 드린 말씀은 '젖 주세요'라는 그 소리였지요마는 그것은 '으아'하는 울음이더이다 하겠나이다."

어머니가 자식에게 맨 처음 주신 것이 사랑의 눈물이요, 자식이 어머니에게 제일 먼저 드린 것도 눈물이라는 뜻이다. 이처럼 사람은 눈물과 참회 속에서 살아간다.

시편 80편은 앗수르의 침공을 받아 멸망당한 이스라엘의 참상을 가슴 아파하는 슬픈 노래이다. '주께서 그들에게 눈물의 떡을 먹이시고 눈물의 물을 물마시듯 물리도록 마시게 하셨나이다'(시 80:5)에서 '눈물의 떡', '눈물의 물'은 고통과 고난의 상징적 표현인 것이다. 성경은 '우리를 괴롭게 하거나 근심하게 하는 것은 그분의 본심이 아니다'(애 3:33)라고 말씀하셨는데 인간의 현실은 고통과 근심 그리고 고난으로 가득하다는 것이 현실이다. 그러면 하나님께서 우리들에게 눈물의 떡을 먹게 하시는 뜻은 무엇일까? 한마디로, 하나님을 의지하게 하기 위해서일 것이다.

"밤새 눈물 흘리다/나는 누구인가 스스로에게 물으면/어디선가 들리는 조용한 목소리/당신인가요?//바람 속에서/흔들리는 나를 곧추 세우시는/물빛 종소리"

시인은 시를 통해 자아를 성찰하고 반성하며 주 예수의 이름으로 고백하는 사람임을 이 짧은 몇 줄의 시를 통해 그녀 마음 전부를 알 수 있었다.

그리워라

지천명의 세월에도

눈 감으면 떠오르는 그리운 고향

뒤뜰 감나무 아래

그리운 아버지의 헛기침 소리

"어험"

너무 그립다

–이다선 시인의 시 「그리운 고향」 전문

서두에서 언급한 명시의 조건에는 까다로운 수식어가 나열된 어려운 문법의 배열로 독자를 혼란스럽게 하는 시가 아니라는 사실을 안다면 이다선의 시를 일컬어 필자가 왜 위대한 시, 좋은 시라 말하는가에 대한 이유를 쉽게 받아들일 수 있으리라는 생각이 든다. 시를 읽는 독자 누구나가 공감가는 시제의 선택도 탁월하거니와 뒤뜰 감나무 아래에서 들려오는 그리운 아버지의 "어흠" 하던 헛기침 소리가 그리움의 전부를 대신해 버렸다.

필자가 아는 이다선의 시는 쉽고 편안하며 문장 연결이 매끄럽고 깔끔하다. 그래서 그녀의 시를 두고 한국 현대시 문학사에 남을 명시의 반열에 가까운 대단한 시라 평하는지도 모른다. 마지막 연 "너무 그립다"는 시의 완성이고 그리움의 완성이다. 아버지는 가부장적이고 엄하셔서 자식들과는 거리감이 있으신 분으로 기억 되지만 모든 감정이 가지는 아버지는 늘 묵직한 그리움의 표상임을 시인의 시에서 또 느낄 수 있어서 필자도 오늘은 아버지를 기억하는 시간을 가질 수 있었다.

고운 가을바람 속
가녀린 실 허리를 흔들고 서 있는
어느 도도한 여인의 속눈썹처럼 붉은 꽃술
붉은 정열의 눈빛으로 유혹하는
석산 꽃무릇 상사화

오늘도 나는
너를 보면서 가슴이 떨리고
잠 못 이룬다

"사랑이 왜 이리 고된가요/이게 맞는가요 나만 이런가요/

고운 얼굴 한 번 못 보고서 이리 보낼 수 없는데/기다리던 봄
이 오고 있는데/이리 나를 떠나오/긴긴 겨울이 모두 지났는
데/왜 나를 떠나가오"라는 노랫말이 흥얼거려졌다.

**이다선은 관조하는 시상이 남다르고 시를 풀어내는 시
각이 탁월한 시인이다**

시인을 두고 우리는 '삶의 순간을 적절히 포착하여 시적 대
상으로 묘사하는 능력이 있는 사람이다'라고 규정하는 이유
를 이다선의 시를 통해서 다시 이해할 수 있었다. 꽃무릇을
바라보는 시인의 시선이 때 묻지 않은 소녀 감성 그대로임을
알 수 있다. 도도한 여인의 속눈썹처럼 붉다고 했다가 유혹
하는 눈빛이라고 했다가 너를 보면 가슴 떨려 잠 못 이룬다
라는 표현에서 첫사랑 대하듯 꽃을 관조하는 시상이 남다르
고 탁월한 시인이다라는 것을 알 수 있었다.

죄인이기에 죄를 짓기도 하고
죄인이기에 더욱 더 죄를 멀리 하고자 하지만
어찌된 일인가 몸부림칠수록 빠져드는
늪 같은 죄의 바다

꽃잎이 피었다 질 때마다 결심하듯 새로운 다짐
그처럼 살아내지 못할지라도
그런 다짐은 누구에게나 필요한 또 하나의 도전이다

연둣빛 호수의 꿈처럼 싱그럽다

지금껏 살아오면서
내가 만난 사람들은 모두 사랑이었다
꽃잎도 하늘도 모두 사랑이었다

–이다선 시 「내가 만난 예수는 사랑이시다」 전문

시인 이다선의 글을 두고 시를 해부하는 학자들은 관념의 세계에서 서정을 끌어오는 감각이 월등한 재능을 가진 시인이 쓴 시라 평가한다. 지친 몸을 달래기 위해 시를 찾는 독자들에게 시집을 통해 첫사랑을 기억해내게도 하고 시집에 내제된 시를 통해 시인이 묘사한 상상의 세계로 몰입되게 하는 능력 또한 시인이라서 가능한 일이고 이다선이라서 더 큰 반응을 나타내게 하는 재주를 지녔다고 할 수 있다.

세상에 존재하는 모든 사람은 전부 죄인인지도 모른다. 벗어나고 싶어도 벗어날 수 없는 죄의 바다, 지금껏 살아오면서 '죄인 모두는 사랑이었다'라는 역설은 역시 이다선 다운 문장이라는 생각이 들게 했다. 꽃잎도 하늘도 모든 것이 예수님의 사랑으로 창조된 것임을 시인은 독자들에게 노래한 시가 「내가 만난 예수는 사랑이시다」이다.

남존여비의 슬픈 시대에
배고픈 가난한 농부의 딸로 태어나

절망과 좌절뿐인 삶 속에서

벼랑 끝으로 달리는 그 나날 속

당신은 나에게 마지막 꿈

생명이 되었고

십자가 위에서

핏빛 가시면류관 쓰신 채로

우리를 향한 침묵기도

가엾으신데

하늘의 왕이심을

아직도 알아보지 못한 군병들

알몸의 성채 덮으신 홍포마저도

서로 가지러 제비 뽑을 때

이 마음도 아파서

참으로

많이 울었습니다

– 이다선 시 「예수 이야기」 전문

이다선 시인이 묘사하는 시적 능력은 천부적 재능으로 하나님의 기운을 타고났다고 이해하는 것이 그녀의 시를 이해하기에 더 빠를지 모른다. 예수님의 생을 짧은 행간에 뜨겁게 묘사해내는 능력은 기독문학을 이끌어갈 차세대 여류시인임을 입증하는 순간이다.

 십자가 위에서 핏빛 면류관 쓰신 채로 우리를 향한 침묵가없으신데 하늘의 왕임을 알아보지 못하는 군병들이 홍포를 서로 차지하려는 제비뽑기를 하는 것에 대한 가슴 아픔으로 한참을 울었을 시인의 어깨 들썩임이 느껴져 필자의 가슴에도 슬픔이 한참 동안 머물러 있었다.

 언젠가 전해질 마음의 편지, 사람의 손을 거치지 않고 전해질 예수님의 사랑을 대신 전하려는 시인의 사랑이 봄볕에 불어주는 바람의 속삭임과 더불어 그녀의 시를 읽는 독자들에게 깊이 전해지기를 바라는 마음 간절하다.

 슬퍼 말거라

 천 년의 기다림 속

 단 한 번의 스침이었다 할지라도

 아무런 의미 없는

 은빛 모래알들의 숱한 스침보다도

 단 한 번의 소중한 눈빛

 운명적 사랑

 그대를 사랑 하느니

 사랑하느니

 −이다선 시「사랑한 후에」전문

천년 사랑을 지켜온 주 예수 사랑을 단적으로 기록한 시다. 시인의 사랑은 운명이고 시인은 예수 사랑을 천년의 기다림으로 표현했다. 은빛 모래알들의 수많은 스침보다 단 한 번의 눈빛 스침으로 운명적 사랑을 알게 되었음을 시인은 감사의 시를 썼다.

시대적 조류 인지는 모르겠지만 요즘 작가들의 시를 보면 이해하기 어려운 시가 너무 많다. 그러다보니 시인도 시집을 사지 않는 시대, 독자보다 시인이 많은 시대라는 말이 나왔는지도 모른다. 기본기도 제대로 갖추지 못한 시인 남발로 대한민국 문단이 시인 공화국이 되어 간다는 우스꽝스런 말도 있다. 그러나 진정 시를 사랑하고 시를 쓴다는 그 자체만으로도 위대하다는 말이 있듯 저 먼 어둠 속에서도 문학을 사랑하는 열정을 잊지 않고 빛나는 글을 쓰는 이다선 시인이 존재하고 있음을 하나님의 이름으로 감사해야하는 시가 「사랑한 후에」가 아닌가 싶다.

잘 가라
아쉬울 지라도 손 흔들리라
이것이 우리의 운명이다
좋았던 것들만 기억하고 가라
상처는 강물에 흘려보내고
웃음만 가지고 가라

꽃잎처럼

별빛처럼

한 생애의 한 순간을 꽃으로
어둠 속의 아픔들을 빛으로

웃으며 가라

–이다선 시「떠나는 사람에게」전문

　그녀의 시는 혼탁한 시대와는 별개로 특별한 빛으로 그 빛을 더 강하게 내뿜고 있어 그 어떤 상황과 상관없이 훌륭하고 아름다운 글을 쓰는 시인이라는 생각이 든다. 어쩌면 이리도 이별을 아름답게 하려는가. 좋았던 기억들만 가지고 꽃잎처럼 별빛처럼 생의 한 순간을 꽃으로 어둠의 아픔이 있다면 빛으로 웃으며 가라고 했다. 쉽지 않은 서술이다.
　이런 쿨하고 감동적인 시를 마주하며 이다선의 시를 읽는 독자들의 감흥도 남다를 것이라는 기분에 시를 감평하는 필자의 기분도 짜릿한 흥분감을 느낄 수 있었다. 어찌 좋았던 기억만 가지고 떠나라 라는 자신 있는 표현을 할 수 있었을까? 여류시인 답지 않은 시원시원한 전달력에 필자의 가슴에 이는 감동도 오래일 것 같다는 생각에 시의 행간에서 눈을 뗄 수가 없다.

누구나 그러하듯

지구를 떠나는 것은 슬픈 것이지만

그래도 떠날 때는 웃으며 손 흔들고 떠나고

그래도 한 마디 남기라신다면

한 마디 남길 말

"나 떠난 후에는 남겨진 임들의 뜻대로 하소서"

부디

부족한 사람의 허물일랑 잊으시고

나 떠난 후에는 아름다운 것만 기억하며

웃음만 가득한 삶으로 행복하기

이렇게

새끼손가락 걸고

꼭꼭 약속하기

꼭

−이다선 시「미리 쓰는 유서」전문

    생에 딱 한 번만 써야하는 시가 있다면, 그리고 작가로서 나는 어떤 시를 써야 할까를 고민한다면 주님의 제자로 살아가는 이다선의 시를 읽으며 그 해답을 찾아야 한다. 나 떠난 후에 남은자의 뜻대로 하소서라는 장엄한 문구 한 줄에 눈

물이 뚝 하고 떨어졌다. 모든 허물 다 잊으시고 아름다운 시
인의 모습만 기억하며 웃었으면 좋겠다는 그녀의 유서는 참
단출하면서도 많은 생각을 하게 하는 무거움이 겹쳐졌다.

누가 오라 하였을까
누가 가라 하였을까

다만
십자가의 비밀을 깨달아
하늘의 끌림을 못 이겨 달려온 길
사랑의 길

사명자(使命者)의 길이였다

비록
굶주리고 배고플지라도
웃음으로 서 있는
사모(師母)의 길

−이다선 시 「사모의 길」 전문

시인 이다선은 시에서 표현한 그대로 현역 사모이다. 한 가
정에 목사가 둘인 집안은 그리 흔치 않은 모습이지만 시인의
아들 또한 위에서 언급했던 내용처럼 목사이다. 이런 집안 사

정상 그녀는 숨죽이고 살아야할 고충을 평범함으로 이겨낸 장본인이 아닌가 싶은 생각도 들었다. 하늘의 끌림으로 사랑의 길을 만들어 낸 사명자의 길이 결코 순탄하지만은 않았음을 시에서도 읽혀졌다.

어려운 시절 그녀의 시는 사모로서의 역할을 다하며 흐릿해져가는 시국의 빛을 초롱초롱하게 밝혀내는 길잡이 같은 역할을 수행한다. 예수 사랑하는 사람 눈빛 흐려지지 않도록 강건하게 지켜주기를 희망하는 그녀의 시는 훌륭한 전도사 몇 만의 힘을 느끼게도 한다는 사실에 필자는 위대한 박수를 보낸다.

나
오늘도 그대 앞에서
울지 않는
꽃빛 웃음의 언어로
고백합니다

사랑합니다 그대
당신이 늘 즐겨 부르던 노래 가사처럼
당신은 나의 영원한 동반자라고
가슴으로 고백하는 밤

별빛 아래서

–이다선 시 「사랑해요, 내 사랑 그대를」 전문

　시인의 시에는 유독 사랑이 많다. 주 예수 찬양의 성시가 많은 점도 그녀의 주변 환경이 그리 만들어가고 있음을 쉽게 이해할 수 있다. 하느님에 대한 사랑과 고마움과 감사의 노래를 시로 만들어가는 그녀의 따뜻함이 시집 구석구석 녹아 있음을 알 수 있다. '사랑합니다 그대'라는 문장에서 사랑의 대상은 무한하다. 부군이신 목사님에 대한 사랑일 수도 있고 예수에 대한 끝없는 사랑일 수도 있다. 이런 다양성을 두고 필자는 그녀가 가진 문학적 힘을 알고 있다. 오직 주 예수 찬양이라는 거룩한 사명을 통해 다시 한번 더 시인 이다선의 진가를 확인할 수 있었기 때문이다.

　누구일까
　알 듯 모을 듯 많이 본 듯한 얼굴
　화사한 화이트 레이스 달린 머플러와
　체크무늬 긴 치마를 입은 그녀의 눈망울 속에는
　꽃빛 눈물이 고여 있다

–이다선 시 「행복한 십자가」 전문

　홀로 선 시인은 모든 사물과 자연과 만난다고 했다. 시인 이다선도 그렇다. 그녀의 시가 전하는 메시지에서 종교의 시공간을 떠나 짧지만 많은 생각들이 시가 되어 스쳐 지난다는 사실을 알았다. 자판 위로 활자의 파열음이 주 예수 찬양의 기도 소리로 들리는 것은 한국 기독문학의 전성기를 앞당기려는 시인이 가진 힘으로 느껴졌다.

정말 쉽지 않다

사람답게 산다는 것

두 손 모으고

조용히 뒤돌아보니

나도 그렇다

꼬부랑길 걸으며

성도답게 산다는 것

더욱 더 그렇다

고난 속

그래서 흔들리고

넘어졌던가

　

−이다선 시 「사람답게 사는 법」 전문

그녀의 모든 글과 시에는 기도라는 의미의 간절함이 문장을 메우고 있다. 그 간절한 마음에는 사랑하며 살라는 호소력 짙은 시가 결과물로 나왔음을 필자는 알고 있다. 이런 결과물이 한국현대시사에 남을 문학적 확장성으로 조성되어 어려운 시대를 건너는 독자들에게 시가 전하는 에너지의 힘이 얼마나 큰 역할을 하는지를 알게 했다는 점에서 평론을 하는 입장에서 엄청난 찬사를 보내고 싶다.

기적은 멀리 있는 것이 아니라 함께하는 우리가 만들어가는 것이다. 시인의 사명은 자신을 반성하고 성찰해가는 글을 통해 사람답게 사는 법을 깨우치게 하는 학문을 연구하는 사람인지도 모른다. 그런 맥락에서 바라본 시인의 시는 사람답게 성도답게 살고 있는지에 대한 물음을 던졌다고 할 수 있겠다. 생각이 남는 시, 필자는 이런 시를 통해 대중도 변화할 수 있다고 확신한다.

> 사랑하며 살리라
>
> 덧없는 세월 속 설움일랑
>
> 훨훨 벗어던지고
>
> 살아온 날 동안 못다 한 사랑
>
> 이제는 오직 섬김으로
>
> 낙타 무릎 되어
>
> —이다선 시 「사랑하며 살리라」 전문

이다선의 시가 던지는 힘이 독자의 정신까지 좌지우지할 수 있음을

작가는 자신을 발가벗겨 놓고 자신의 시를 속속들이 해부해가며 나를 사랑하고 이웃을 사랑하라는 하느님의 말씀을 조용조용 전한다. 그런 작가의 열망을 알기에 그녀의 시를 읽는 독자는 엄숙하고 숙연해지기까지 했다는 말을 하곤 한다. 시가 던지는 힘이 독자의 정신까지 좌지우지 할 수 있음을 우리는 오늘 시인 이다선의 시를 통해 뼈저리게 느낄 수 있었다. 그녀의 시가 세상 밖으로 빨리 뛰쳐나가 더 많은 독자들의 가슴을 징명하게 울리는 역할을 다하기를 필자는 기대하는 바이다.

내가 주와 또는 선생이 되어 너희 발을 씻었으니 너희도 서로 발을 씻어 주는 것이 옳으니라. 내가 너희에게 행한 것 같이 너희도 행하게 하려 하여 본을 보였노라. (요 13:14,15) 예수님이 선생과 주로서 제자들의 발을 씻어주는 파격적 행보를 보여 주신 것은 제자들이 서로 발을 씻어 주는 것이 그만큼 중요했기 때문이었다. 그들이 서로 사랑하라는 새 계명을 실천할 때 예수님의 제자인 것이 알려지기 때문이다. 서로의 발을 씻어주는 겸손한 섬김이 예수님의 가르침의 핵심인 서로 사랑하는 것을 상징한다. 이러한 섬김은 복음의 핵심이다.

'서로 사랑하며 살라, 살아온 날 오직 섬김으로 낙타 무릎 되어'라는 시인의 시에서 자신을 더 낮추고 섬김을 실천하려는 의지가 읽혀진다. 주님은 더 나아가 우리를 위해 십자가를 지심으로서 죽음에 이르기까지 더 낮아지셨다. 그것이 십자가의 복음이다. 우리가 이 은혜의 복음을 전하고자 한다면 서로의 발을 씻어주는 섬김의 사랑을 베풀어야 한다는 시인의 믿음이 시「사랑하며 살리라」에 고스란히 숨어있음을 알 수 있다.

견우와 직녀처럼

하늘의 긴 오작교를 지나서

새벽 은하수를 건너오는 그댈 보며

떨리던 내 가슴은 오늘도

설렘입니다

차마 마주 보지 못하는 눈빛

따스한 사랑의 몸짓으로 감싸 오는

그 고운 눈물의 언어 속 느낌

아직도 떨려오는데

　－이다선 시「첫사랑 이야기」전문

　달빛이 오월 장미보다 아름다운 계절이다. 세상 존재하는
모든 아름다움을 기다리는 계절 유월에 코로나라는 역병이
창궐한지 오래, 세상 사람들의 마음에 스며든 아픔을 어찌
말로 다 표현 할 수 있으랴. 봄은 기다림의 계절, 푸른 하늘
을 올려다보는 시인의 가슴에는 그리움이 머물러 있는 계절
이기도 하다. 시인 이다선에게 있어 그리움이 없는 삶이었다
면 그녀는 시를 거들떠보지도 않았을지 모른다. 시를 통해 세
상의 고통 짊어진 독자들에게 잔잔한 위로를 전하기 위해 글
을 쓴다는 시인의 첫사랑 이야기는 저 먼 아득한 세월 속의
추억이자 눈부신 그리움의 상징이다.

문학에서 특히 시에서의 상징은 '조립하다'와 '짜 맞추다'라는 두 가지의 어의를 가지는 말이기도 하다. 문학적 상징은 작가에게 부여된 고도의 정신 작용의 하나로 활용된다. 첫사랑이라는 낱말이 구체적 기억을 떠올리게 하는 단어로만 인식되는 것이 아니라 아직도 떨려오는 아스라한 기억에 대한 원관념의 사랑을 독자들과 공유하려는 의도가 내제되어 있는 고도의 기술이 가미된 시라고 볼 수 있다.

시를 시답게 쓸 수 있는 기본에는 운율과 은유, 그리고 압축된 함축의 묘미가 있어야 하며 낯설게 하기라는 명제가 깔려있다

시를 시답게 쓸 수 있는 기본에는 운율과 은유, 그리고 압축된 함축의 묘미가 있어야하며 한 가지를 더 첨언하자면 낯설게 하기라는 명제가 깔려있다. 이다선 시인의 시를 읽으며 낯설었다는 점을 미리 밝혀두고 시를 이해하려 했다. 그녀의 시에는 일정한 운율이 살아있고 시를 이루는 근간에 얽힌 여러 의미 속에서 시인의 정서가 늦가을 들판에 피어있는 하얀 민들레처럼 버릴 것 다 버리고, 가벼워지고 싶어 하는 마음이 원고지 위에 잉크로 채색되어지고 있다는 사실을 느낄 수 있었다. 시는 행과 구절, 시어가 반복운율이라는 구성을 통해 작가의 기다림이 떨림으로 다가오는 것이라는 점에서 이다선 시인의 시집이 훌륭한 작품으로 인정받으리라는 결론에 도달하게 되었다.

우리가 말하는 시는 무엇이고 또 시는 어떤 의미로 독자에게 다가가야 하는지를 생각해보는 일은 단순히 시문학 자체에서 출발하지는 않는다. 이다선의 시는 이 물음에 시의 **뼈**를 추려 시의 심장을 들여다보는 시의 해부학 교실에 다다르게 했다.

위대한 작가의 글을 많이 읽어야 위대한 시상의 표현을 연출할 수 있다는 말의 의미를 이다선의 시집을 통해 느낄 수 있다. 독자가 느낄 수 있는 시의 절정 그 최종 목적지까지 상상의 기운을 몰아가는 탁월한 재주가 특이하고 남다르다는 점은 시인이 지닌 최대의 장점이기도 하다. 그윽한 눈빛과 편안한 미소로 던지는 메시지는 강하고 예리하게 독자들의 가슴을 파고 들게 했다는 평가를 하고 싶다. 시는 사물을 더 가까이 들여다보고 더 오래 바라보고 이를 글로 표현하는 일이다. 그래서 시인 이다선은 더 많은 세상을 관조하며 그 과정을 수집하고 글로 그리고 시로 가공해내는 일을 하는지도 모른다.

영남문학을 대표하는 여류 시인을 넘어 한국기독문학이 가야 할 방향이 궁금하거든 이다선을 찾고 그녀에게 물어보라는 마지막 말을 남기며 시집의 평을 다하려 한다.

흔들릴지라도 그대는 아름답다

이다선 지음

발 행 처 · 도서출판 청어
발 행 인 · 이영철
영 업 · 이동호
홍 보 · 천성래
기 획 · 남기환
편 집 · 방세화
디 자 인 · 이수빈 | 김영은
제작이사 · 공병한
인 쇄 · 두리터

등 록 · 1999년 5월 3일
(제321-3210002510019990000063호)

1판 1쇄 발행 · 2021년 11월 30일

주소 · 서울특별시 서초구 남부순환로 364길 8-15 동일빌딩 2층
대표전화 · 02-586-0477
팩시밀리 · 0303-0942-0478

홈페이지 · www.chungeobook.com
E-mail · ppi20@hanmail.net
ISBN · 979-11-5860-998-6(03810)

본 서적은 2021년 한국예술인창작지원금으로 출간되었습니다.